AF186631

1

Lisi Schuur und Eike M. Falk

Italien Roman

Herstellung und Verlag:
BoD - Books on Demand, Norderstedt
ISBN 978-3-7448-3589-3

Was wichtig ist
erschließt sich
Jedem
der seine Seele
für sich
entdeckt

1

Erfahrungen macht man, hofft, dass man Erfahrener werde mit dem Alter, das ist falsch.

Es erfährt sich nur immer Neues, das hört nie auf.

Es ist wie ein Erdhügel, den man anhäuft, Schaufel um Schaufel, eine Grabarbeit, die einen ermüdet, erblinden lässt von den Tränen, die man weint.

Die Hände, die Arme, der ganze Körper ertaubt.

So vergeht die Zeit, die nichts anderes bildet als ein unfertiges Sein, das in einem Tod endet.

Da waren gute Jahre, da waren böse Jahre.
Sie sind ununterscheidbar geworden wie in einem Strauß bunter Blumen, haben sich aufgelöst in ein Konzert duftender Farben.

Es war, es ist mein Leben.

Ich mochte niemals Blumensträuße haben.
Ich mochte ihnen nicht zusehen beim Verfall.
Ich mochte sie nicht auf den Kompost werfen.

Ich möchte noch einmal aufbrechen. Ich möchte noch einmal erleben, tief und intensiv erleben, noch einmal um mich schauend mich staunen sehen.

Vielleicht, dass sich dieses Mal eine neue Art der Erfüllung findet.

Ich bin nicht gewillt die Hoffnung aufzugeben, auch wenn ich keine großen Erwartungen mehr damit verbinde.

Von der Menschheit erwarte ich nichts, keine Utopien geistern mehr durch meinen Kopf.

Es wird sich nichts ändern. Es wird weitergehen bis zu einem zufälligen Ende. Da der letzte Mensch mit einem Seufzer erwacht. Er dreht sich noch einmal zur Seite - und stirbt. Ein unspektakuläres Ende.

Nein, von der Menschheit wird nichts zu erwarten sein. Die Menschheit, das ist ja doch nur ein abstraktes Gebilde. Es ist der Einzelne, auf den es ankommt. Auf den ich mich immer verlassen kann, immer verlassen konnte.

Die einfachen Zufälle des Lebens sind es, Begegnungen, Worte.

Worte zu sprechen, das ist wie ein Akt der Bescheidenheit. Es braucht ja doch nicht viel den Mund zu bewegen, die Lippen, die Zähne in Gebrauch zu nehmen.

Es könnte ein Schrei entspringen. Ein Mensch, der um Hilfe ruft.
Es könnte sich um Worte handeln, die mit Absicht ins Unklare gestellt sind.
Jemand, der sich zu mystifizieren sucht.
Es könnten einfache Worte sein, eindeutige Worte. Ich liebe dich.

Und morgen bin ich auf der Autobahn und fahre in den Süden.
Menschen zu finden, Worte und Sätze.

Ich werde es versuchen.
Ich werde mich versuchen.
Und ich sage nicht: zum letzten Mal.
Auch wenn ich mich selbst nun der Mystifizierung zu beschuldigen habe.

2

Du denkst, es passiert etwas Neues. Nie Dagewesenes.

Du versprichst es dir jedenfalls.

Es kann doch nicht sein, dass es nichts Neues mehr für dich gibt.

Du begibst dich auf eine Reise.

Und erwartest eine Erkenntnis nach der anderen.

Hast du auch. Tatsächlich. Nur steckt ein Fehler darin.

Es ist kein Erkennen. Es ist ein Wiedererkennen.

Alles aufgewärmt. In groben Zügen alles schon mal gewesen.

Na, denkst du.

Wenn das alles ist.

Kann ich gleich zu Hause bleiben.

Und doch. Es kann nicht sein. Ich suche, muss erst die passenden Gedanken finden. Dann wird es möglich sein.

Das Niedagewesene.

Was soll ich dazu nur denken?

Ich weiß es nicht. Gut, dass es so ist.

Dann kann es nichts Aufgewärmtes sein.

Vielleicht denke ich besser gar nicht.

Und stürze mich unbedacht in etwas hinein.

Kann ja mal passieren, dass du auf den Teppich pieselst. Sag ich zum Hund. Und streichel ihn.

Kann ja mal passieren, dass du nicht nachdenkst, sag ich zu mir. Und bin mir nicht böse.

3

Für mich ist von jeher der Brenner die Wegscheide gewesen, die den Norden vom Süden trennt, die den Norden dem Süden zuführt, langsam hinabgleiten lässt. Man braucht nur die Räder rollen lassen. Von hier an bis zu den Limonen.
In zwei Stunden werde ich am Gardasee sein. Dann beginnt das Abenteuer.

Sobald ich die Grenze passiert habe, lege ich eine Pause ein, rauche eine Zigarette, schaue hinunter ins Tal und lasse meine Gedanken schweifen.
Es sind ganz bestimmte Prüfensblicke, die ich aussende, keine Prüfungsblicke, wohlgemerkt, das fiele mir im Traum nicht ein, es ist mehr wie ein Schnuppern, ein Vorahnen dessen, was mich erwartet. Wenn man so will, wird hier ein Motiv gesetzt, das meine Reise begleiten soll.
Es liegt kein strenges Reglement darin. Ich kann die hier erstellte Vorlage jederzeit verwerfen, neuen Gegebenheiten anpassen.
Es ist nur so - einfach - eine Spielerei, ein Skizzenentwurf.
Es könnte jetzt Mendelssohns italienische Sinfonie erklingen, oder Beethovens fünftes

Klavierkonzert, beides erschiene mir stimmig. Ich stelle es mir vor.

Und lasse meine Blicke schweifen. Die Gedanken folgen hinterher wie rauschende Wildbäche.

Es ist der Wilhelm Meister, an den ich denken muss, genauer gesagt die ersten Kapitel der Wanderjahre. Wo es in die Täler hinunter geht. Es wird dort nicht explizit zum Ausdruck gebracht, aber es ist doch ersichtlich, was gemeint war: Italien.

Ach, das silberne Licht des Südens! Hier in den Bergen ist es mir noch niemals erschienen. Selbst wenn ich im Sommer hier stand, habe ich nur selten Sonnentage erlebt. Meist war es trübe wie heute.

Die Wolken stehen tief, zum Greifen nahe.

Das Licht verkümmert sich. Was wenig verwundert. Es ist Herbst. Ich hatte sogar mit Schnee gerechnet.

Es ist aber, ich sagte es ja schon, weniger das Hier und Jetzt, das meine Gedanken bewegt, es ist die Erwartung. Und die ist immer eine andere. War immer eine andere, und ist heute eine sehr eigene, besondere, eine, auf die es mir ankommt, darum lasse ich mir mehr Zeit als gewöhnlich, trotz des schlechten Wetters.

Ich bin nicht geflohen. Nicht vor dem Wetter, nicht vor mir, auch vor den Menschen nicht. Nicht einmal vor Heines langnasigen, sich schneuzenden Gesichtern daheim, an der Elbe.

Schöner Süden, deinen Himmel such ich. Doch auch der ist ein anderer im Winter, ich weiß es gut genug, ich bin schon einmal im Winter hier gewesen, wenn auch nur auf zwei Wochen. Diesmal will ich bleiben.

Bleiben ...

Ja, doch. Zumindest den Winter über. Und solange meine Mittel reichen.

Ich bin alt und arm. Das ist eine Kombination, wie sie kläglicher nicht sein könnte.

Ersparnisse habe ich. Die gedenke ich während dieser Reise aufzubrauchen bis auf den letzten Cent. Ich werde an nichts sparen.

Dann kehre ich zurück zu meiner spärlichen Rente.

Und werde genug Zeit haben die langnasigen Gesichter zu betrachten, von denen ich selber eines bin.

Doch nun - fahre ich dem Frühling entgegen, wollte ich gerade sagen. Doch es ist ja der Herbst, und auch der kann sehr schön sein in Italien.

Und ich habe es mir ja auch genauso ge-
wünscht. Herbst und Winter.
Und ich will es genießen. Darum geht es. Und
um Entdeckungen, wie immer bei mir. Die
Neugierde, die sich um jede kleinste Ecke
noch krümmt.
Es wird vieles zu entdecken geben.
Auch mich selbst, füge ich hinzu. Denn auch
für mich selbst möchte ich mir Zeit nehmen.
Vielleicht bin ich ja ein ganz anderer als ich
denke. Ein Fünkchen Hoffnung besteht
immer. Doch ich will nicht sarkastisch sein.
Den Sarkasmus werde ich gleich hier bei den
Hörnern packen und in diesem über-
quellenden Müllcontainer entsorgen.

Und warum Italien?
Das ist eine gute Frage.
Ich werde sie mir beantworten, wenn ich am
Gardasee bin.

4

Alle haben sie mir gesagt, ich solle nicht, ich könnte doch...

Ja, dachte ich dann, ihr hättet gerne, dass ich nicht wollen kann. Und ihr mich beratschlagen müsst.

Aber spart euch das. Ich mache nur noch das, was mir behagt.

Nicht wie früher: Wie du meinst, und scheint denn dafür auch die Sonne?

In manchen Dingen bin ich die Unfähigkeit. Das weiß ich.

Doch bin ich auch die Sehnsucht nach dem Meer. Und darin bin ich groß.

Und nach dem See. Die Sehnsucht nach dem idyllischen Lago.

Wie lange sie anhalten wird, weiß ich nicht. Bin gespannt.

Die andere Sehnsucht, die, nach dem Meer, hält sich jedenfalls seit Ewigkeiten.

Manchmal bin ich die träumende Erde.

Die ihre Keimlinge ausstößt. Die sich die Wege bahnt.

Ich weiß nicht. Bahnt sie sich oder anderen die Wege?

Ich bin die Wegbahnerin. War ich meistens. Drängend. Bedrängt.

Eher Letzteres. Oder?

Ich weiß es nicht. Will es auch nicht wissen. Momentan nicht. Da weiß ich gar nichts. Auch von mir nur manches.

Das wird sich ändern. Wenn ich eine Weile in bella Italia bin.

Ich lasse mich anstecken. Von wem?

Gute Frage. Die kann ich nicht beantworten. In der Erinnerung kam dieses Land gut weg. So ist das. Mehr nicht.

Und die Italiener? Sie eher nicht. Zu glatt. Zu gesprächig. O sole mio.

Obwohl. Einer war dabei, der war nicht so. Aber auch nicht so, wie ich ihn gerne gehabt hätte.

Das tut aber nichts zur Sache. Das läuft nur so mit.

Wenn, dann ja. Wenn nicht, dann nein.

Mittlerweile steh ich über solchen Dingen.

Früher war das anders. Da konnte ich nicht über Dingen stehen.

Ich rutschte aus, und lag mitten drin.

Fehlten nur noch die Wellen, die mich zuklatschten.

Und das Aufstehen. Meine Güte. Bis mir das überhaupt einfiel.

Da war ich meistens schon so tief hineingerutscht, dass es richtig schwierig war.

Irgendwie bekam ich es hin. Ich hab das, was neben dem 'irgendwie' übrig war, einfach verleugnet. Bin gut darin.

Ich kann es mir so gut erklären, dass ich überzeugt bin, dass der Himmel die Hölle ist. Und das sitzt tief. Weil ich es mir überzeugend dargestellt habe.

Damit ist nun auch Schluss.

Weil ich mich entblößt habe.

Und das ist schwierig. Anfangs hab ich mich nur angeschielt.

Ach so. Es ist immer noch anfangs.

Und so ein Anfang kann sich ganz schön hinziehen.

Ich schiele also. Mal hierhin. Mal dahin.

Aber mich in erster Linie schiele ich an.

Das hab ich mir versprochen.

5

'Italiener singen durch die Nacht ...'
Ich sitze und warte aufs Essen, rauche und lese. Ein Insel-Bändchen. Italien im deutschen Gedicht.
Ein gewisser Albin Zollinger hat das geschrieben, ein Schweizer.
Was für ein Unsinn. Der typische Überschwang.
Natürlich singen Italiener in der Nacht. Meinetwegen auch die ganze Nacht hindurch.
Doch nicht immer, und nicht überall. Auf jeden Fall nicht hier und nicht heute. Es ist alles ruhig.
Ein schönes kleines Hotel habe ich mir gefunden. Direkt am See. Ich habe es mir sehr genau ausgesucht, bin hin und hergefahren, bevor ich mich entschieden habe. Es war völlig problemlos. Ich werde wohl keine Schwierigkeiten haben überall und jederzeit etwas zu finden.
Ich habe einen kleinen Spaziergang gemacht und schließlich dieses Restaurant entdeckt. Auch dieses direkt am See gelegen.
Als es dunkelte, begannen Fledermäuse ihre Kreise über dem See zu ziehen.

Die Nacht brach an, fest entschlossen, es sich in angenehmer Wärme häuslich zu machen.

Ich kann auf der Terrasse sitzen, die leichte Brise spüren, die von den Bergen herunterweht. Geradezu eine Erleichterung.

Die milden Temperaturen am Gardasee sind mir bekannt. Hier wird es erst im Dezember unangenehm werden, Minusgrade aber werden auch dann nur selten zu erwarten sein.

Aber was kümmern mich die hiesigen Klimaverhältnisse. Ich will in den Süden. Weiter und tiefer in den Süden.

Eine Katze streicht mir um die Füße. Ja, meine Liebe, du sollst deinen Teil bekommen. Wir müssen uns nur noch etwas gedulden.

Am gegenüberliegenden Ufer erhebt sich D'Annuncios Vittoriale. Erhebt sich. Das ist kein schlechter Ausdruck dafür. Man sollte wohl eher noch von Überhebung sprechen. Ein Monument des Größenwahns.

Ob ich es wohl mal besuchen sollte?

Wahrscheinlich führt sogar eine Fähre hinüber.

Aber nein. Ich möchte mir den schönen See nicht verderben.

Ich werde diesen Palast auch diesmal nicht besuchen. Zu abschreckend sind die Fotos, die ich zuletzt noch gesehen habe.

Ich werde lieber eine kleine Wanderung unternehmen.

Nach Sirmione und den Grotten des Catull. Ja. Das wäre schön.

Doch nun sollte ich mich meinem und dem Wohlbefinden meines kleinen Gastes widmen.

Eben, als ich das Essen bestellte, da fielen mir die rechten Worte nicht ein. Dabei hatte ich so fleißig gelernt.

Fleißig vielleicht, doch nicht effizient genug.

Ich habe es dann mehr schlecht als recht zusammengestottert.

Nun suche ich meinen Sprachführer und das Lehrbuch heraus um eine möglichst freundlich klingende Formulierung zu finden, warum die Katze meine Gesellschafterin beim Essen sein soll.

Ich bin mal gespannt, wie der Kellner reagiert, ob er die Katze überhaupt beachtet, und wenn, was er dazu sagt, und wie er auf meine einstudierte Erklärung reagiert.

Aller Wahrscheinlichkeit nach werde ich nichts verstehen. Aber das habe ich mir selber eingebrockt.

Natürlich würde er auch Deutsch sprechen. Aber nun hatte ich mich einmal so entschieden, dann sollte es auch dabei bleiben. Das erforderte nicht nur die Höflichkeit sondern auch mein Pflichtgefühl. Außerdem: je eher ich ins kalte Wasser springe, desto besser. Es war schon richtig so. Im Übrigen hatte der Kellner einen ausgesprochen freundlichen Eindruck gemacht. Wer weiß? Vielleicht würde ich heute abend bereits etwas lernen können.

Ist ja gut, Fräulein. Du bist doch ein Fräulein? Aber ja, daran kann kein Zweifel bestehen. Gleich werden wir gefüttert werden. La gatta. Und der Tedesco.

6

Was haben sie die Augen gerollt. Hinter meinem Rücken. Die meisten.

Ein paar waren natürlich das Verständnis selbst.

"Also, ich versteh dich. Mach es ruhig. Wenn es dir nicht mehr passt, kommst du zurück. Na, und? Du musst dich ja nicht rechtfertigen. Ich meine, das einzige, was du dir überlegen solltest. Was ist, wenn du krank wirst. Ich meine, nicht, dass nicht jeder in jedem Alter krank werden kann, das ist klar. Ich meine, in deinem Alter. Versteh mich richtig. Und sei bitte nicht beleidigt. Ich meine, ich versteh dich gut. Ich wollte es dir nur sagen, weißt du. Und du sprichst die Sprache nicht. Wer weiß, ob die da unten Deutsch verstehen. Je nachdem, wo du hinwillst. Wo willst du eigentlich hin?"

Amen!

Wo will ich denn eigentlich hin? Insgeheim ist es mir klar. Am liebsten Lago Maggiore.

Ja, gut. Ein wenig sentimental bin ich ja. Ich darf gar nicht sagen, dass ich nichts dagegen habe, fremde Menschen kennenzulernen.

Dann flippen sie alle aus.

Also erzähle ich ihnen von der Ruhe, die ich brauche. Die schöne Landschaft, die mich inspirieren soll. Die Wärme.

Von netten Marktfrauen erzähle ich ihnen. Und wie ich mich für sie begeistere.

Weil sie es fertigbringen, neben der Produktion ihrer Waren, diese auch noch zu verkaufen.

Elvira habe ich augenzwinkernd erzählt, dass es auch supernette Marktmänner gibt. Sozusagen.

"Bauern, meinst du! Ich fass es nicht. Wie kommst du denn auf Bauern?"

Ich wollte nicht auf Bauern kommen. Ich meinte Männer. So im allgemeinen.

Bloß nichts weiter zum Thema.

"Nein, Quatsch, hab ich nur so gesagt."

Vielsagender Augenaufschlag von Elvira.

Ich hab mir Bücher bestellt. Italienischer Sprachkurs. Mal sehen. Ein wenig muss sein.

Wenn ich alleine bin, ahme ich die Sprechweise nach.

Gut, dass mich keiner hört. Aber dieser Klang, gepaart mit einer Prise Theatralik!

Ich könnte mich kringeln vor Lachen. Es macht ungeheuren Spaß.

Natürlich stimmen höchstens drei Wörter. Aber das macht nichts. Ich versteh mich ja.

Ich weiß, dass ich supergut darin bin, mir etwas vorzumachen.

Dieses Schönreden. Dieses nicht Wahrhaben wollen.

Mir kommen auch weniger griffige Gedanken in den Sinn.

Ich habe mich längst erraten. Ich habe über Ihn nachgedacht. Er ist mir nie gleichgültig gewesen. Und doch. Es reicht nicht. Ich weiß, wie er mich umarmen wird, wenn es soweit ist. Ich werde wegschauen, dass ich seine Blicke nicht mitnehme.

Sie würden mir zu schaffen machen.

Das will ich nicht.

Wie verzogen ich mir vorkomme.

Ich will dies. Ich will das. Das aber nicht. Auf keinen Fall.

So bin ich nie gewesen. Wäre ich gerne so gewesen? Nein.

Es hätte nicht gepasst. Nicht zu mir. Auch nicht zu dem Bild, das die anderen von mir haben.

Ach, ich lass es sein. Das Grübeln hat lang genug gedauert.

Neustart

7

Ich sitze unter einem Kuppeldach aus Sternen. Die Katze hatte mich ein Stück weit begleitet, dann ist sie ihrer Wege gegangen.

Ungebundenheit. Das ist das Recht, das sie sich uns Menschen gegenüber herausnehmen darf. Ich möchte bezweifeln, dass sie mit ihresgleichen ebenso verfahren würde. So einfach dürfte es auch für Katzen nicht zu haben sein.

Die Ungebundenheit ist der kühne Traum, den die Gebundenen träumen.

Die wir alle Gebundene sind, auf die eine oder andere Weise.

Das ist jetzt keine glorreiche Erkenntnis, das ist einfach nur die Einsicht in unser Sein.

Eine Besonderheit aber gibt es.

Ich werde den Traum in Erfüllung gehen lassen.

Wenn auch nur auf Zeit.

Die Ungebundenheit gibt es nur auf Zeit.

Wäre es nicht so, hätte sie keine Bedeutung.

Niemand würde sie herbeisehnen wollen.

Es wäre wohl besser, wenn ich mir jetzt keine weiteren Gedanken darum machte.

Ich kenne mich. Ich würde nur noch mehr ins Grübeln geraten.

Ich könnte mir die Sternbilder abfragen.

Bei diesem klaren Himmel lohnte es sich.

Ich bin nie groß in Sternbildern gewesen.

Wann hat man in der Stadt auch schon einen halbwegs anständigen Sternenhimmel.

Höchstens auf Reisen.

Dann habe ich mir welche erfunden.

Das tue ich auch jetzt.

Diese Sterne da zum Beispiel. Die sehen doch aus wie der Kopf einer Kuh. Oder eines Stieres. Dicker Schädel. Dicke Hörner.

Na, so ein Sternbild gibt es doch.

Taurus, oder?

Aber dann sind es ganz andere Sterne als die, die ich meine.

Und wenn ich sie betrachte sehe ich ein Huhn. Oder eine Fledermaus.

Die Fledermaus ist mir aber nur eingefallen, weil ich mich frage, wo sie abgeblieben sind, die vielen, die vorhin auf den See hinaus flogen.

Möglicherweise sind sie noch dort. Üben sich in Flugmanövern.

Mit ihren ganz eigenen geometrischen Flügelschlägen, die mich an Tangramfiguren erinnern und sie so unbedingt von den Vögeln unterscheiden.

Wahrscheinlich sind sie in ihre Höhlen zurückgekehrt.

Oder sie sitzen über mir in den Bäumen. Warten auf den frühen Morgen. Wenn die Insekten wieder fliegen.

Das ist ein Gedanke, der mich ein wenig schauern lässt. Tausende von Fledermäusen über mir.

Ich habe diesen Gedanken haben wollen.

Ich habe mir die Fledermäuse herbei- gedacht. Nun sitzen sie da in den nacht- dunklen Bäumen.

Ich liebe die Nacht. Ich habe mich noch niemals im Dunkeln gefürchtet. Nur ein ganz kleines Kribbeln gibt es dann und wann, eher selten, doch nun, unter den Bäumen, spüre ich es. Und es gibt mir ein Hochgefühl, seltsamerweise.

Ich liebe dies alles, alles hier. Ich liebe es, als sollte ich ein letztes mal lieben dürfen.

So hat es mir das Schicksal verkündet.

Einbilden kann man sich vieles.

Ich muss fast lachen. Ach was – ich tu es einfach, es hört mich ja doch keiner.

Ist doch alles super, oder?

Natürlich ist es das. Weil ich es mir so aus- gesucht habe. Genau das.

Ich muss verrückt sein.

8

Ich glaub nicht. Ich hab es mir überlegt. Es macht keinen Sinn. Wenn ich vor meinen Möbeln stehe.

"Lager sie doch ein. Dann sind sie da, wenn du zurückkommst."

"Was kostet das denn?"

"Keine Ahnung, musst du mal nachhören. Aber würdest du es denn in Erwägung ziehen?"

Fangfrage.

Ich hasse Fangfragen. Sie nageln dich fest damit.

'Aber, du hast doch gesagt.'

Ich sage nichts mehr. Und die Möbel will ich auch nicht. Weder mitnehmen, noch einlagern. Obwohl. Soviel Geld hab ich nicht. Kann mir keine neuen Möbel kaufen.

Jedenfalls nicht solche, wie ich sie jetzt habe. Eigentlich brauche ich nur meinen Sessel. Und Regale. Und den anderen Sessel auch. Meine Bücher und meinen Schreibtisch. Und meine Bilder. PC, Tablet.

Das wär's.

Ein neues Bett muss ich mir kaufen. Einen Schrank.

Oh, was ist mit der Küche?

Die Mikrowelle brauche ich. Kühlschrank, Gefrierschrank. Porzellan. Besteck.

Kaffeemaschine. Sehr wichtig.

Und den Rest möchte ich nicht.

Kann ja einen Privatverkauf starten.

Tag der offenen Tür. Wer möchte etwas von mir kaufen.

Wahrscheinlich möchten sie alles nur geschenkt. Falls überhaupt.

So einen richtigen Fitsch hab ich noch nie gemacht. Den machen nur andere.

Ich lass mir Zeit.

Was ist das für ein tolles Buch.

Ich hab es in der hintersten Ecke eines Buchladens entdeckt.

"Ich bin erloschen wie die Sonne in meiner Landschaft."

Ich mag solche Sätze. Sie sind so bedeutungsschwer.

Es ist ja nicht einfach die Sonne erloschen.

Nein, es ist eine ganz besondere Sonne. Die, welche sich normalerweise in meiner Landschaft befindet.

Nicht etwa die wenig prickelnde Umgebung hier.

Meine Seelenlandschaft ist es. So leg ich es jedenfalls aus.

Wenn die Sonne in meiner Landschaft erlischt. Oh jeh.

Dann kann ich mir die Reise sparen.

Ich muss etwas kichern. Ich seh mich im Dunkeln vor Türen laufen.

Alsooo.

Schon klar. Es handelt sich um meine Seelenlandschaft. Da gibt es keine Türen.

Ich nehme es zurück. Außerdem hätte ich nichts mehr zu lachen. Ich bin ja auch erloschen.

Wie es auch sei.

Das reinste Abenteuer. Eine Seelenwanderung.

Der Lago kommt nicht darin vor. Nehme ich jedenfalls an.

Ich sollte es mir gemütlich machen und darin lesen.

Eine Kerze anzünden. Ein Glas Wein trinken. Oder besser Whisky Cola.

Und mich in den Sessel fläzen. Beine über die Armlehne.

Oder vor den Sessel auf den Teppich. Sessel als Rückenlehne.

Musik nicht. Erst später. Beim Nachdenken.

Ach, ich weiß nicht.

Ich weiß es einfach nicht. Das ist so.

Ich weiß es nicht.

Das regt mich auf. Aber ich weiß auch nicht, was ich dagegen tun kann. Gegen die Aufregung.

Es ist die Unzufriedenheit.

Ich dachte, ich wäre in der Lage, das zu tun, was ich mir vorgenommen habe.

Bin ich aber nicht. Jedenfalls nicht heute. Auf keinen Fall.

Ich werde bis morgen nochmal nachdenken. Einen Abend und eine Nacht.

Dann werde ich es wissen.

Und: wehe es stört mich jemand. Ich gehe nicht ans Telefon. Ich mache nicht auf, wenn es schellt.

So. Die Kerzen. Das ist wichtig. Darum muss ich alle meine Kerzen mitnehmen.

Und Liebesbriefe.

Wie komm ich jetzt darauf?

Aber es stimmt. Die muss ich unbedingt raussuchen. Das könnte ich vorab machen.

So lange dauert es ja nicht. Meine Liebesbriefe.

Hatte er eigentlich schon im ersten Brief irgendwas von Liebe gesagt?

Ich weiß es gar nicht mehr so genau.

Muss sie unbedingt lesen.

9

Der See ist eine Herrlichkeit. Meine Seele ist vergnügt.

'Bist du mir verfallen?', will der See von mir wissen.

Ach, diese Italiener! Immer müssen sie übertreiben.

Nein. Bin ich nicht.

Bei dir ist es mir zu eng. Es stehen zu viele Berge um dich herum.

Nur am Südteil ist es anders.

Dort öffnest du dich.

Öffnest dich nach Süden.

Das ist es. Das zählt. Das rechne ich dir gut.

Aber von Rechnen will ich nicht reden.

Das wäre nun wieder zu deutsch.

Und zu deutsch zu sein wäre ein Unikum.

Obwohl man gar nicht deutsch genug sein kann in Italien.

Man wird ja doch durchschaut.

Komisch.

Ich habe so viele Italiener kennengelernt, daheim, die waren wie Verwandte.

Hier werde ich dem Verwandtschafts-verhältnis erst nachspüren müssen. Mit der Zeit.

Und ich habe ja auch Zeit.

Und ich habe den See.

Die Berge kann ich mir ja wegdenken.

Aber nein. Es gehört doch alles zusammen.

Und sie stören doch auch gar nicht mehr.

Es war nur eine Erinnerung an gestern, als ich das Ostufer herunterfuhr.

Da waren sie mir zu sehr auf die Pelle gerückt.

Nun sind es die Ölbäume, die mich verunsichern.

Die habe ich so weit im Norden nicht erwartet.

Ertappe ich mich da bei Nörgelei?

Das ist doch gar nicht meine Art.

Nein. Es ist Unsicherheit.

Der erste Tag in einem fremden Land mit fremder Sprache.

Ich werde mich einfach gewöhnen müssen.

Ich bin frei.

Nein.

Frei bin ich nicht.

Ich bin enthoben.

Meinem bisherigen Alltag, den Gewohnheiten.

Es ist ein neues Sein.

An das ich mich gewöhnen werde.

Die Einsamkeit.

Eine Einsamkeit des Denkens, enthoben.

Darüber will ich mir Gedanken machen. Dort drüben.

Ich werde mich dort drüben am Pier auf die Steine setzen und eine Zigarette rauchen.

Via Lungolago Mazzini. So heißt die Straße hier.

Was das wohl zu bedeuten hat?

Lungolago.

Langer See, oder was?

Ich werde im Wörterbuch nachschlagen.

Aha! Eine Promenade am Seeufer.

Schon habe ich etwas gelernt.

Und Mazzini?

Ob es DER Mazzini ist, der Revolutionär. Den kenne ich.

Bakunin, Garibaldi, der Zug der Tausend ...

Ach! Mehr fällt mir nun doch nicht ein.

Ich werde Nachforschungen anstellen, heute Nachmittag, wenn ich wieder im Hotel bin.

Es ist doch interessant.

Da ist der See. Und das Wasser plätschert.

Und nirgendwo eine Revolution.

Ich muss lächeln.

Die Revolution ist, dass ich hier bin.

Eine Revolution, von der niemand etwas zu wissen braucht.

Außer der Sonne. Und dem See vielleicht.

Ich weiß nur nicht, wie verschwiegen Seen sein können.

Ich werde ihn fragen, den Lago, vielleicht ist er ja der Geschwätzigen einer.

Einer, der nichts für sich behalten kann.
Den Eindruck macht er mir nicht.
Er wirkt beinahe abweisend, trotz der Fähren und der vielen Segelboote, die über ihn hingleiten.
Unbestimmt, abwartend.
Ich drücke meine Zigarette aus.

10

Abgehakt.

Ich habe die Briefe gelesen. Mich erinnert. Oder auch nicht.

Nur das Unwichtige hatte ich vergessen. Ich kann mir also selber noch trauen.

Ein paar Dinge hab ich vermisst.

Vielleicht liegen sie woanders. In meinen Kros-Schubladen eventuell. Davon hab ich drei. Genau genommen gibt es einen ganzen Schrank, der nur zum Krosen geeignet ist.

Irgendwann verliert sich in einigen Schränken die Ordnung.

Das ist keine Absicht. Es ereignet sich einfach.

Dabei bin ich von Grund auf ordentlich. Ich mag auch keine Unmittigkeiten, wenn es auf die Genauigkeit ankommt.

Da bin ich sehr pingelig. Aber zum Glück kommt es nicht immer auf Genauigkeit an.

Nach der Liebesbriefattacke war ich zunächst ziemlich weggetreten. Geistig. Das geb ich ja zu.

Ich hatte eine äußerst dumme Idee. Ich googelte, was das Zeug hielt.

Jeder wird sich nun sein Teil denken.

Es war nur Neugierde. Mal sehen, ob sich was finden lässt. Hierzu oder dazu.

Und wenn, welches Gefühl stellt sich ein.

Ich weiß, dass es albern ist. Und ich bitte auch um etwas Anerkennung, dass ich es hier so offen beichte.

Es ist so, dass ich etwas fand. Eine winzige Kleinigkeit. Eine Spalte sozusagen.

In einem Artikel über Fossilien.

Das passt zu ihm. Humorvoll geschrieben. Klasse. Wie früher.

Ich würde seinen Schreibstil blind erkennen. Wenn er mich überhaupt interessieren sollte. Das natürlich vorausgesetzt.

Er hat mich nur gestern Abend interessiert. Weil es dämmerig war, nehme ich an. Da kommen mir manchmal die unmöglichsten Gedanken.

Welches Gefühl sich eingestellt hat?

Erschrecken. Über mich. Wie doof ich sein kann. Und dass ich keinen neuen Whisky kaufen werde. Auf keinen Fall. Das ist nämlich auch so ein Kapitel.

Welcher ist besser. Scotch oder Bourbon? Und zum Schluss. Genau.

Darum kaufe ich mir zunächst mal lieber Sekt. Nein. Lieber Wein.

Sekt als piccolo trinken ältere Herrschaften. Nee, bitte noch nicht.

Etwas sehr Wichtiges ist mir eingefallen.

Was ist mit meinem Handyvertrag? Was gibt es dort für Telefongesellschaften?

Irgendwie fühle ich mich genervt.

Ich hatte mir alles anders gedacht.

Ich sah mich in Italien am Lago sitzen. Sah mich dort leben. Mit allem was dazu gehört. Einkaufen. Theater. Museum. Alle Kultur.

Nur gab es nie Bilder im Kopf, die die Vorbereitung betrafen.

Was wäre, wenn ich tatsächlich alles einfach zurücklassen würde.

Mit einem Koffer, na gut, zwei. Und mit der größten Handtasche, die ich habe.

Ich glaube. Dieser Gedanke gefällt mir.

Unbelastet, und offen für alles Neue.

Ich spreche mir den Satz vor. Mehrmals.

Mir fällt die Musik ein. Ohne festgelegtes Tempo. Improvisation.

Endlich. Da ist der Groschen spät gefallen.

Ich weiß. Es gibt keinen Groschen mehr.

Ich sag es aber trotzdem.

11

Ich habe mir Bücher mitgenommen, genug,
um diese Monate durchstehen zu können.
Die Schriften Leonardos, Giordano Brunos.
Pessoa, Paul Celan. Andere mehr.
Menschen, Schreibende, die sich Gedanken
machen, die sich und die Welt hinterfragen.
Die ein sinnreiches Wort dafür finden, eines,
auf das man immer wieder zurückkommen,
zu dem man zurückkehren kann um sich
selbst auf die Spur zu kommen.
Eine Entdeckungsreise im Geist.
Ein zweifaches Reisen für mich.
Ich nähre die vage Hoffnung in mir, dass ich
noch vor Ablauf dieser Reise ausreichend
Italienisch verstehe um es auch lesen zu
können.
Ich werde weiterfahren, nachdem ich mich
noch etwas mit Sonne vollgetankt habe.
Und wohin?
Nicht nach Venedig.
Wie ich jetzt auf Venedig gekommen bin?
Weil man immer auf Venedig kommt.
Ich bin aber nur einmal dort gewesen.
Das ist auch schon sehr lange her.
Und es war wegen des Filmes, oder?
Ja, genau deswegen.
Ich war auch nicht alleine dort.

Es war sehr schön.

Es gab Gondeln, Tauben und Murano-Glas.

Wir haben auch etwas im Wasser gefunden.

Das war eines Abends, als wir ins Hotel zurückgingen.

Da haben wir etwas Helles im Wasser schimmern sehen.

Wir die Stufen runter zum Kanal.

Es war eine Holzkiste, die dort schwamm, aufgequollen, aufgelöst.

Es war die reinste Pfefferminz-Prozession.

Als ob der Gott der Lagune dort unten seine Badewanne stehen hätte.

Gut hat es gerochen. So überraschend gut, dass ich bei Venedig immer an Pfefferminze denke, und an Badewannen.

Also alles andere als schlechte Erinnerungen.

Warum also will ich nicht da hin?

Weil darum.

Nein. Quatsch.

Weil ich alleine bin?

Venedig ist auch was für jemanden, der alleine ist.

Und wenn ichs mir genauer überlege, gerade dann.

Einsam durch nächtliche Gassen streichen.

An trübe vor sich hinstinkenden Kanälen sitzen.

Düster ins Wasser blicken.

Finstere Pläne schmieden.

Das hat doch was.

Und trotzdem, irgendwie ...

Auf das 'irgendwie' höre ich jetzt mal.

Da - halt - kommt mir doch eine ganz andere Idee.

Und was für eine!

Eine Aber-Hallo-Idee.

Ich werde nach Verona reisen.

Ich stelle mir vor, wie schön es wäre Julia zu küssen.

Nein, nicht diese. Eine andere. Eine. Nicht irgendeine. Eine ganz Besondere.

Es hätte mir kein dümmerer Gedanke kommen können.

Wahrscheinlich bin ich verhext. Verhext, behext.

Die Luft.

Es muss an der Luft liegen.

Zephyr, der das Gemüt berauscht.

Obwohl ich keine Ahnung habe, wohin das hinauslaufen sollte.

Es wird sich schon eine verträumte Gasse finden, eine Tür, die sich öffnet ...

12

Ich bin eine Trödlerin.

Eine, die fürchterlich trödelt.

Die aber nichts verkauft.

Weil sie verschenkt.

Also bin ich doch keine Trödlerin.

Eine Herumtrödlerin bin ich.

Auf jeden Fall. Darin bin ich richtig gut.

Ich bin aber eine Trödlerin des Herzens. Ich verschenke gerne. Es macht mir Spaß.

Es ist kein Syndrom. Sag ich mal gleich den Alleswissern. Den Psychologen.

Sparen Sie sich also die Mühe, mich zu interpretieren.

Es wäre ein Leichtes, eine Schau abzuziehen. Ich habe mich informiert, was man alles über mich denken kann.

Welche Anzeichen müssen vorhanden sein. Was macht mich verdächtig.

Und wenn ich gerne verschenke.

Oh weh und ach!

Nein! Nichts von alledem. Ich bekomme genügend Liebe. Und buhle nicht darum.

Das schon mal gar nicht.

Also wird es mir Freude machen, meine Klamotten nach und nach loszuwerden. Übrigens, ganz nebenbei. Es gibt ein Problem. Das mit den zwei Koffern.

Es liegt an den Büchern.

Die würde ich gerne mitnehmen.

Ich weiß. Aber ich hab es mir eben anders überlegt.

Und da muss auch keiner mit dem Kopf schütteln. Reicht schon, wenn ich das tue. Ich hab es getan. Und mir fällt gerade die Lösung ein.

Die Bücher stell ich bei meiner Schwester unter. Und nach und nach kann ...

Mist. Nein. Das mach ich nicht.

Es entstehen nur wieder Verpflichtungen. Das will ich nicht. Ich werde ein Angebot bei einer Spedition einholen. Sie könnten mir die Bücher als Beiladung bringen. Wenn sie mal in Italien sind.

Wenn ich erst in Italien bin.

Werde ich unter einem Feigenbaum liegen. Dessen Früchte wachsen mir in den Mund. Obwohl, Feigen müssen es nicht sein. Besser wären Orangen.

Aber dieses in den Mund wachsen ist so poetisch.

Darum hab ich das Bild gewählt.

Ach ja, ein paar besonders schöne Bilder könnten noch mit zur Beiladung.

Aber dann reicht es auch.

Jedenfalls sitze ich am Lago auf einer alten Bank, und betrachte die Berge auf der anderen Seite.

Ich weiß das Gefühl. Es rinnt von den Haaren herunter und schluckt sich im Hals und rieselt weiter und fängt sich in der Brust. In den Seiten.

Und man wird schlapp. Und im Rücken sitzt etwas zum Wegmassieren.

Ausstreichen.

Sprachlos ist man. Aber innen wirbelt alles durcheinander.

Schön. Wundervoll. So unglaublich. Aber diese Vokabeln drücken nicht genug aus.

Gefühle kann man nur ungenau ausdrücken. Das ist schade.

Nach einer Weile beruhigt man sich, erwacht aus dem Vollgefühl und kehrt in ein Teilgefühl zurück.

Vielleicht hat man Hunger oder Kaffeedurst. Oder beides.

Ich werfe einen letzten Blick auf den Lago und bin in Gedanken schon bei einem riesigen Eisbecher.

Und dass der schmeckt, ist doch klar. Ich bin in Italien. Im Land der bombastischen Eissorten.

13

Diese Julia ist eine Riesin!

Dabei habe ich nur durch Zufall erfahren, dass es eine solche Statue überhaupt gibt.

Was für eine Schande!

Und das mir, der ich doch mit Stadtplänen jongliere, und Dutzende Reiseführer das erste sind, was ich in jedem Hotelzimmer malerisch verteile.

Ich war etwas schockiert, als sich eine Reisegruppe von Engländern nahte, die alle auf Julias Podest hinaufstiegen und ihr eine Hand auf den rechten Busen legten.

Nach einem Moment der Fassungslosigkeit überlegte ich mir, dass sie schließlich aus dem Land des großen Tragödienschreibers stammten, und sich gewisse Rechte herausnehmen durften, ob ich dies Gebaren nun billigte oder nicht.

Außerdem musste doch wohl etwas dahinter stecken. Eine Geschichte, die auf eine symbolische Geste oder magische Handlung verwies, die denjenigen, der diesen Akt vollzog, mit besonderen okkulten Kräften versorgte.

Anders konnte ich es mir nicht erklären. Also beschloss ich nachzufragen.

Ich wandte mich an einen Herrn mittleren Alters, der mir einen einigermaßen seriösen Eindruck vermittelte.

Die Erklärung, die er mir gab, war eine ganz einfache - es sollte schlicht Glück in der Liebe bringen.

Außerdem erkannte ich, dass das Brauchtum des Busengrapschens ein durchaus internationales zu sein schien, denn nun schwang sich ein kicherndes, und von ihren Freundinnen stürmisch angetriebenes japanisches Mädchen aufs Podest, was in einem wahren Gackerstakkato ausartete.

Ich wandte mich schaudernd, wankenden Schrittes.

Die arme Julia!

Nein, so etwas machte man nicht.

Ich würde es in der Liebe darauf ankommen lassen ohne dieses bedauernswerte Mädchen zu belästigen.

Hier schien mir ja alles verquer zu sein.

Angefangen bei der Julia, die ursprünglich aus Siena stammte und Ganozza hieß.

Mit diesem Namen allerdings hätte sie keine Furore machen können.

Da sieht mans mal wieder.

Es ist schon immer so gewesen.

Marilyn klingt auch deutlich bühnen-wirksamer als Norma Jean.

Obwohl ich finde, dass Norma Jean ein schöner Name ist.
Ach, egal. Der Balkon ist auch falsch.
Aber Verona ist ein schönes Städtchen.
Der Wein schmeckt. Das Hotel ist behaglich.
Trotzdem werde ich weiterfahren.
Nein, immer noch nicht nach Venedig.
Bologna vielleicht.

14

Es ist ein Riesensprung gewesen. Und zwischendurch bin ich verrückt geworden.
Ich hatte keine Lust mich festzulegen.
Das heißt, mir graute plötzlich davor, gezielt an den Lago zu fahren.
Ja, so war das. Ist immer noch so.
Ich will mich nicht festsetzen. Das könnte bedeuten, dass man versteinert.
Darin hab ich Erfahrung. Ich weiß, wie das ist. Schlimmer als ein Stein, der dieses Schicksal von Natur aus hat. Der liegt da, und wird fester. Vielleicht aber ist er fest genug, und wartet nur auf etwas. Er hat dann zwar eine gewisse Grundspannung, aber auf die Dauer wird er nicht mehr wissen, dass er wartet. Er verhält sich gelangweilt. Gut, er wird sich nicht verhalten. Er ist ja ein Stein. Doch genau weiß das niemand.
Bei mir ist es so, dass es immer eingeschränkter wurde. Und zum Schluss, den ich zum Glück noch nicht erreicht hatte, läge ich da wie tot.
Ich habe mich also in meiner Verrücktheitsphase entschlossen, für einige Zeit in ein Hotel zu ziehen.

Am liebsten in ein sauberes Herunterge-
kommenes. Das hört sich nicht logisch an. Ist
es aber.

Also. Sauberkeit: wichtig.

Es muss ein Doppelbett haben. Und zwar nur
deswegen, dass ich meine dringend
benötigten Sachen auf die andere Hälfte
legen kann. Das ist wichtig. Oder ein riesiges
Einzelbett. Das geht zur Not auch.

Es muss mindestens eine helle Lampe haben.
Schminken im Dunkeln geht gar nicht.

Die Flure dürfen schummrig sein. Im
Eingang stünde idealerweise ein rotes
Plüschsofa.

Ich mag rote Sofas. Die dürfen abgeschabt
sein. Aber die Flecken darauf sollten
nachvollziehbar sein. Flecken sind nämlich
weniger störend, wenn man weiß, woher sie
stammen. Undefinierbare - nein, danke.

Und das Wichtigste. Es gibt eine unge-
schriebene Hausordnung. Die besagt, dass
nur Menschen einchecken dürfen, die ein
wenig verrückt sind.

Eine Bar wäre nicht schlecht für die
Absacker. Wenn man aus der Hauptbar, die
idealerweise in der Nähe liegt, zurück-
kommt. Und nicht mehr auswendig die
Zimmernummer weiß.

Dann geht man zum Portier und lächelt. Und verschwörerisch weist er einem den Weg.

Also, so ähnlich jedenfalls. Auf jeden Fall muss es preiswert sein.

Es sollte nach Möglichkeit mitten im Ort liegen.

Mit Haltestellen in der Nähe. Ich beabsichtige nämlich mein Auto nicht mitzunehmen. Ich werde es verkaufen.

Ein Auto kann große Scherereien machen. Wenn ich an Reparaturen denke. An Versicherungen.

Also, ich kann mir mal eins mieten. Aber grundsätzlich mache ich alle Wege ohne Auto.

Ohne Auto kann auch eine Freiheit sein. Und Musik für unterwegs gibt es aus Headsets.

Ich muss nur aufpassen, dass ich nicht mitsinge. Denn dann hielten mich alle für verrückt. Auch die, die es nicht tun sollten.

Ich fühle mich jedenfalls gut vorbereitet.

Alle möglichen Supergaus hab ich mir schon überlegt.

Und bin aus allen heil herausgekommen.

Großes Schulterklopfen.

Das wird schon werden. Ich freu mich drauf.

Der wichtigste Satz am Ende einer langen Überlegung.

Ich freu mich drauf.

15

Ich habe in alten Briefen gelesen. 'Deutsche Briefe aus Italien' heißt das Buch. Verlegt bei Koehler & Amelang, Leipzig 1971. Also, ganz alt und DDR-Zeit. Was ja nicht verkehrt sein muss. Ich hab das Buch auch schon sehr lange. Aber so richtig drin gelesen hatte ich nie. Doch als ich jetzt losgefahren bin hab ich mir gedacht ... genau ... steck ein, kommt ja nicht so darauf an, ist genug Platz im Auto.

Und in Verona, im Hotel, da habe ich es dann rausgekramt.

Ach, der Goethe! Und - ach, der Schopenhauer! Und der Seume auf dem Weg nach Syrakus.

Der Goethe ist der Goethe, und der Schopenhauer schimpft über alles.

Der Seume hat einen Sinn für Sonnentempel. Und Humor. Erzählt von Terni, wo sie den alten Tempel zugemauert und zur Kirche umfunktioniert haben. In jeder Nische steht nun ein Heiliger, und der Sankt Salvator über dem Altar, schreibt er, wird seinen Verfertiger auch nicht aus dem Fegefeuer erlösen. Das macht neugierig.

Aber ansonsten ...

Ich habe gedacht. Aber das war falsch.

Ich habe gedacht, ich könnte mir Anregungen holen.

Es gab Zeiten, erinnere ich mich, da war das mal so.

Diesmal hat es nicht funktioniert. Diesmal war es eine Enttäuschung.

Wenn sie von den Zypressen schreiben, ist es doch etwas ganz anderes, als wenn ich die Zypressen sehe.

Und dann könnte ich am Ende viel besser darüber schreiben. Es ist so.

Weil die Zypressen nicht mit jedem reden.

Manchmal stehen sie nur rum wie Bäume.

Manchmal sind sie auch nur Bäume.

Manchmal wollen sie nichts anderes sein als Bäume.

Dann soll man sie in Ruhe lassen.

Aber manchmal, dann doch, wollen sie.

Dann brauchen sie auch jemanden, dem sie erzählen können.

Aber mir ist es noch nie geschehen.

So, nun ist es raus.

Ich sehe nur immer Zypressen, die über Boccia-Bahnen stehen.

Oder in langen Alleen.

Die scheinen alle mit sich zufrieden.

Mit mir reden sie nicht.

Jedenfalls - bis jetzt noch nicht.

Und ich will auch hier nicht ungeduldig sein.

Es kann ja alles noch kommen.

Und ich stelle fest: Ich bin zu hastig gewesen. Ich bin es zu hastig angegangen, und der große Jedi-Meister Yoda wäre bestimmt gar nicht mit mir zufrieden.

Er hat aber auch gesagt: Tu es, oder tu es nicht, es gibt kein Versuchen.

Und das ist ein wunderbarer Nachdenksatz.

Und darum denkt man nicht großartig nach und tut.

Ach, herrlich! Es widerspricht sich so schön. Aber ist doch wahr.

Entweder man tut und macht sich ran, oder man setzt sich hin und tut nichts.

Dann aber bleibt man im Sumpf stecken, wenn man Pech hat.

Es geht also darum eine Entscheidung zu treffen.

Und mit der muss man leben.

Und ich habe es immer so gehalten.

Ich hab getan.

Aber da kommt der Pferdefuß.

Das, was man tut, muss ja nicht unbedingt gut und richtig sein.

Das weiß man aber erst hinterher.

Darum. So. Und nun erst recht.

Ich bin einfach losgefahren.

Aber nicht über die Autobahn. Querbeet.

Ich fahre zum Po hinunter. Weil ...

Weil der Po und die Po-Ebene etwas sind, das man überfährt.

Man fährt irgendwie auf der Autobahn-brücke drüberweg, obendrüber.

Weil man ganz schnell in die Toscana will.

Weil, die Toscana ...

Ja. Genau.

Und die Po-Ebene kann bleiben, wo der Pfeffer wächst, vielmehr, der Reis.

Und jetzt ist es anders: ich fahre an den Po. Ganz bewusst.

Und wenn ich an den Po denke, dann kommen mir diese alten Filme in den Sinn, von Don Camillo und Peppone.

So doll fand ich sie nicht, aber ich habe sie natürlich alle gesehen.

Und nun denke ich an einen ganz speziell. Da gab es eine große Flut. Und es war alles grau und voller Nebel. Etwas bedrückend und bedrängend. Aber ...

Ich werds ja erleben.

16

So. Es gibt Neuigkeiten. Schluss mit lustig. Ich eigne mich nicht für die italienische Sprache!

Diese Erkenntnis hat mich tief getroffen.

Wollte ich doch mal eben ... Sicher, dieser Sprachklang ist ja wunderbar. Aber die Grammatik.

Ich habe Felix davon erzählt.

"Wie, sag bloß. Das hätte ich dir gleich sagen können. Das ist das Alter. Das ist dann so. Kannste vergessen. Auch wenn du jetzt beleidigt bist. Trifft auf dich genauso zu, wie auf alle anderen."

Che deficiente!!!!!

Na gut, lerne ich es eben häppchenweise. Es drängt mich ja keiner.

Und wenn ich erst mal dort bin, klappt das auch besser mit der Lernerei.

Was soll ich mich hier schon grämen.

Das Allerbeste kommt noch.

Ich werde verbilligt reisen. Ich habe mich nämlich einer Pilgergruppe angeschlossen.

Nicht, dass ich fromm geworden bin.

Um Himmels Willen. Aber diese günstige Gelegenheit musste ich ausnutzen.

Und wenn ich in Rom angekommen bin, werde ich mich einfach absetzen.

Mich kann ja keiner zwingen. Und Rom an sich ist ja nicht verkehrt.

Es ist eine zusammengewürfelte Frömmigkeit, die aus jüngeren und älteren Menschen besteht.

Da ich aber nicht fromm bin, passe ich nicht zu ihnen.

Sie werden froh sein mich loszuwerden.

Ich habe auch nur die Hinfahrt gebucht. Dadurch wurde es zwar etwas teurer, aber trotzdem blieb es günstig.

Felix verübelt mir alles. Und lässt es sich anmerken.

Dabei geht es ihn nichts an. Was er sich ausmalt ist seine Sache.

Und es war mir ja ganz neu, dass er mich einplante.

Er hat nie darüber gesprochen.

"Du hättest ja was sagen können", hab ich nur gesagt, als er mit hängenden Schultern vor mir stand.

Das hätte nichts geändert an meinem Entschluss. Das weiß ich.

Und eigentlich ist es ja gut, dass ich von nichts wusste. Da musste ich mir keine Gedanken um ihn machen.

Er hatte gehofft, ich würde zu ihm ziehen. Wie er darauf kommen konnte, ist mir schleierhaft. Wahrscheinlich wollte er mein Beschützer sein. Er hat sowas an sich.

"Das kannst du nicht. Das ist nicht richtig. Was machst du denn da. Wie konntest du das denn machen. Hättest du mich gefragt, hätte ich dir gesagt."

Das sind die Sätze, die ich immer wieder höre, wenn ich mit ihm zusammen bin.

Puuuh, ich begebe mich doch nicht freiwillig in Abhängigkeit.

Nee, die Zeiten sind vorbei.

Aber ansonsten ist er ein prima Kumpel. Auf ihn kann ich mich verlassen.

So ein kleines bisschen tut er mir ja leid. Aber ich bin nicht aus der Welt.

Basta ora, a letto.

Genau. Jetzt reicht's! Ab ins Bett.

Hab ich auf den ersten Blick gedacht, es ginge um einen Brief ...

Na, wegen letto

letter = Brief

Alles paletti? Nee. Italienisch ist das übrigens nicht ... obwohl, kann etwas italienischer als paletti klingen? Eben.

17

Der Fluss war breiter als ich vermutet hatte. Die Landschaft entsprach den spärlichen Eindrücken meiner Filmerlebnisse.

Es lag Melancholie über der Ebene, davon war ich ausgegangen, doch mehr noch eine Tristesse, die mich überraschte, die mich greift.

Mich angreift in meinem labilen Zustand.

Der Ort heißt Revere.

Als ich über die Brücke fuhr und das Ortsschild passierte dachte ich: ja, hier möchte ich anbetend niedersinken.

Was vermutlich eher daran lag, dass ich ein Kernkraftwerk in meinem Rücken gelassen hatte.

Als ich mich dem Ortszentrum näherte, kamen mir Zweifel.

Erstmal nicht so wegen dem Kernkraftwerk, sondern ...

Hatte ich nicht die Sprachen vermengt?

Es gab das englische revere, das zweifellos vom französischen révérer herstammte.

Doch im französischen gab es das zusätzliche vénérer, das wiederum dem spanischen venerar entsprach.

Und im Italienischen? Ja, sicher, wie erwartet: venerare, venero = ich verehre. Doch auch: riverire.

Natürlich wusste ich das nicht gleich. Nicht so. Das habe ich erst später nachgeschlagen. Beziehungsweise: ergugelt.

Oh heilige Dreifaltigkeit! Warum hast du Babylon geschehen lassen.

Und gebe mir gleich die Antwort darauf: mir zur Freude.

Denn ich habe Freude daran.

Zuerst einmal aber schlenderte ich durchs Ortszentrum, das schön war, voller schöner alter Häuser.

Doch das Ding da drüben, am anderen Ufer, jetzt war es wieder unübersehbar geworden. Was wollte ich hier?

Sollte ich nicht besser weiterfahren?

Ich blieb. Aus einer Art Trotz heraus.

Ich erinnerte mich an die Zeit, als wir gegen Krümmel und Brokdorf gezogen waren.

Ja? Und? Was hatte das jetzt damit zu tun? Wo steckte da die Logik?

Wollte ich eine Ein-Mann-Demo veranstalten? In meinem Alter?

Den Tedesco raushängen lassen? Ja?

Schön blöd.

Was man sich nur für blödsinnige Gedanken macht ...

Und während ich mir die schönblöden Gedanken machte, war ich vor dem Haus gelandet.

Demjenigen welchen.

Ich meine, dem, das ein Bed & Breakfast beherbergte.

Ein wunderschönes altes Haus. Mit hohen Fenstern, einem reich verzierten guss-eisernen Balkon über der Eingangstür, die zweiflügelig war, wunderbar gearbeitet, natürlich, hier schien alles wunderbar zu sein. Auch die grünen Fensterläden. Lichtes Grün.

Ja, es war schön, so schön ...

La Torre, so stand es neben dem Eingang geschrieben.

Und ich natürlich sofort hinein.

Die Besitzer kamen mir entgegen, stellten sich vor. Laura und Stefano.

Dann kamen auch noch zwei Katzen und strichen mir um die Füße.

Ich war verzaubert. Sie hatten noch etwas frei.

Ich zögerte nicht. Es wurde mir auch gleich das Zimmer vorgeführt.

Wie schön!

Aber wirklich.

Darin konnte man sich wohlfühlen. Wie im ganzen Haus.

Es war so farbenfroh. Während der Bereich der Rezeption in dezenten Ockertönen gehalten war, leuchteten das Treppenhaus in einem dunklen, das Frühstückszimmer in einem helleren Blau.

Die Wände meines Zimmers waren in einem warmen Orangeton gestrichen. Dazu die gediegenen alten Möbel aus dunklem Holz - ein Genuss, eine Wohlfühloase.

Es gab auch einen überraschend großen Parkplatz, da standen recht viele Autos und noch mehr Fahrräder herum. Fahrradtouristen, Leute, die mit dem Fahrrad das Tal erkundeten, wurde mir erklärt.

Ich würde zusehen, dass ich meinen Wagen dazustellte.

Und dann - die Beine langlegen in meinem wundervollen Zimmer. Entspannen. Nachdenkungen betreiben. Und noch mehr entspannen. Den Ort würde ich auch morgen noch weiter erkunden können.

Ich wollte bleiben. Für einige Tage doch.

18

Ich weiß ja, wie lächerlich es ist.
Die Buchung konnte ich rückgängig machen.
Ich will nicht mit anderen nach Rom.
Weil ich kein Gruppenmensch bin.
Ich habe geträumt. Wie ich mit der Pilgergruppe ankomme. Und ich stand und staunte. Und ich musste aufhören, weil das Programm begann.
Und, dass ich mich so unwohl fühlte.
Ich hab Felix davon erzählt. Er hat mir geraten die Buchung sofort rückgängig zu machen.
Dazu musste ich ins Pfarrbüro. Die Dame dort war aber sehr nett. Es ist noch früh genug, meinte sie. Und dass genügend Interessenten da seien.
Ich bin ganz erleichtert.
Felix berät mich jetzt. Er sagt, ich könne daran erkennen, dass er eine Rückkehr zwar für sicher hält. Aber die Zeit dort solle wenigstens in meinem Sinn verlaufen.
Es ist gemein von mir. Ich hab ihm nicht gesagt, dass er niemals der Grund für eine Rückkehr sein könnte.
Er würde es ja sowieso nicht verstehen. Er tut es als Phase ab.

"Sag mir ungefähr, wo es dich hinzieht. Dann such ich dir den Flug und finde eine Unterkunft für dich."

Hätte ich ihm nur nichts vom roten Sofa erzählt.

"Daran kann man schon sehen, dass du mit völlig falschen Vorstellungen fährst.

Du kannst doch nichts von einem roten Sofa abhängig machen. Sei mir nicht böse.

Aber es ist typisch für dich. Was du immer für Fantasien hast. Na ja. Aber du sollst sie ja haben. Du wirst schon sehen, wer Recht hat. Also, geh davon aus. In dem Hotel gibt es kein rotes Sofa."

Toll. Das ist mir schon klar. So blöd bin ich auch nicht.

Aber trotzdem.

Später finde ich so ein Hotel. Den Satz hab ich in mich hineingeflüstert. Er eignet sich nicht als Diskussionsgrundlage.

Morgen sag ich ihm Bescheid.

Heute werde ich also Karten studieren.

19

Nein, es ist kein Atomkraftwerk, ich habe mich von meiner Einbildung täuschen lassen.

Es ist ein thermoelektrisches Kraftwerk, Gas und Öl, habe ich mir sagen lassen.

Und dann habe ich auf dem Bett gelegen, das iPad in die Hand genommen, und nachgeforscht und nachgelesen.

Aber ja ...

Aber sicher ...

Es ist die Tristesse. Die abgrundtiefe Tristesse.

Ich habe eine Fotografie entdeckt.

Darauf ist ein Mädchen zu sehen, das über die Straße geht.

Sie ist das einzige menschliche Wesen, das auf dem Bild zu sehen ist.

Die Straße führt auf das Kraftwerk zu, dessen Türme man im Hintergrund aufragen sieht.

Die Häuser entlang der Straße machen einen heruntergekommenen, fast leblosen Eindruck.

Entweder sie stehen alle leer, oder die Menschen haben sich verkrochen.

Mit Ausnahme des Mädchens.

Der Himmel wirkt bedrohlich. Geballte graue Wolken.
Das Mädchen schaut zum Fotografen hin.
Sie will fort.

Ostiglia. So heißt der Ort am anderen Ufer.
Die Fotografie stammt aus dem Jahr 1987.
Es könnte heute sein.
Tristesse.

Und damit gut!
Oder schlecht, oder ...
Jedenfalls genug.

Dann bin ich eingeschlafen.
Habe von einem Friedhof geträumt.
Dort war es still.

Als ich am frühen Abend zur Rezeption heruntergdng, haben mir meine Gastgeber gleich mehrere Empfehlungen zum Abendessen mit auf den Weg gegeben.
Und ich gehe. Gehe einfach. Los.
Schluss mit der Tristesse. Tristezza. C'era tristezza nell'aria.
Es war. Es war einmal.
Nun beginnen die Gedanken. Sollen den Gedanken Flügel wachsen.

Ich gehe. Ich mache mich auf den Weg.

Eine abendliche Beschwingtheit in meinen Schritten.

Ich werde mir einen Ort suchen, wo ich nachdenken kann.

Meine nächsten Schritte überdenkend.

Nicht ohne mich kulinarischen Genüssen abgeneigt zu zeigen.

Im Gegenteil. Das war sehr, sehr wichtig für mich.

Ich gehe. Ich freue mich der Schritte. Dem Kulinarischen entgegen.

Piazza Castello. Via Roma. Via Giuseppe Verdi.

Ich nähere mich dem Fluss.

Vicolo Valenti. Ein enges Gässchen.

An dessen Ende die Taverna degli Artisti steht.

Ja also. Ja wunderbar. Und was für ein Name. Und was für ein Haus.

Ein Haus mit Arkaden, altrosa und weiß. So auch die Pergola.

Darüber ein säulenbestückter Balkon.

Ein Rattansofa steht unter den Arkaden, davor Pflanzen in Kübeln.

Das Restaurant wendet seine Vorderfront der Uferstraße zu. Dahinter der Deich,

dahinter der Fluss. Eine Treppe führt zum Deich hinauf. Die werde ich gehen.
Später, wenn ich genossen habe.
Wenn ich gedacht habe. Und das Denken kein Ende nimmt.
Dann werde ich über den Deich gehen. Zum Fluss hinunter.
Wenn die Sterne stehen.

20

Es wird Bergamo sein. Weil Bergamo einen Flughafen hat.

Weil es nicht weit entfernt von Cremona liegt.

Und dorthin möchte ich.

Nach Cremona. Zu den Geigenbauern.

Amati, Guarneri und Stradivari.

Welch eine hohe Kunst. In Cremona gibt es ein Violinenmuseum.

Zudem liegt es in der Po-Ebene.

Und der Po reizt mich. Flüsse reizen mich immer.

Aber nochmal zu den Geigen.

Ich habe mal einen Geigenbauer kennengelernt. Der führte uns an einem wunderbaren Abend in die Kunst des Geigenbauens ein.

Mit praktischer Vorführung.

Es war sehr interessant. Und er erzählte von den wertvollen Geigen der alten Meister.

Und ich bemerkte ein Aufleuchten seiner Augen, als er von ihnen sprach.

Das gefiel mir an ihm. Seine Begeisterung.

Und wie er erzählte.

Und diese Namen.

Nicht Müller oder Schmitz oder so.

Nein. Guarneri, Amati und Stradivari. Das ist ein Klingen!

Nach meiner Entscheidung für Cremona, hab ich mir ein Violinkonzert angehört.
Schön gemütlich mit Wein und Kerzen.
Wohlfühlklamotten und Sehnsucht.
Und dann:
LUDWIG VAN BEETHOVEN: Violinkonzert D-Dur op. 61
Es war wunderbar dabei zu träumen.
Noch ganz erfüllt von der Geigenbaukunst, saß ich am Po und genoss die wunderschöne Landschaft.

Also, ich werde den Traum auf jeden Fall wahrmachen.
Es muss hinreißend sein.

21

Ja, also, das Essen ... was soll ich sagen? Ich bin überwältigt, entzückt, gebannt, in Bann gezogen.

Sofern denn ...

Aber ja. Aber ja doch.

Auch das Essen darf gelobt werden.

Auch hymnisch.

Ich hatte mir ein kleines Menü zusammengestellt, den Abend zu feiern. Die Gedanken, die Fantasie zu befeuern.

Ich fragte gar nicht nach, sondern wählte allein nach den Namen aus, obwohl ich manches kannte, anderes immerhin zu ahnen meinte.

Doch die Namen, die Namen allein waren ein Fest.

Und sie laut vor sich hinzusprechen!

Crostone di Pomodorini
Mandorle al Sugo di Gorgonzola
Tagliata di Scottona
und die Delizie des Hauses

mit einem Espresso und einer anschließenden Zigarette draußen auf dem Sofa genossen.

Doch ich blieb, meine Flasche Valpolicella zu leeren, blieb draußen, denn der Abend hüllte mich ein, warm und sternenreich.

Worum ging es?
Ich stellte mir die Frage einfach und klar.
Es ging darum mir einen Ruheort zu finden.
Denn es war mir doch um das Bleiben zu tun.
Ich war gekommen um zu bleiben.
Dafür brauchte es diesen Ort, der ein Hotel sein konnte oder eine kleine Pension.
Es sollte etwas sein, das ich mir leisten konnte auch auf längere Zeit.
Dennoch war ich wählerisch, verlangte nach bestimmten Eigenschaften.
Verlangte nach einem ganz besonderen, sehr feinen, leichten Hauch von Dekadenz, den ich mir jetzt nicht weiter ausmalen wollte.

Wenn ich es sehe, weiß ich es.
Ja, so ist es.

Mein jetziges Domizil war übrigens gar nicht so weit entfernt davon.

Soviel also zum Ort im Kleinen, sozusagen.
Doch damit war es nicht getan. Noch lange nicht.

Die eigentliche Nachdenkerei begann erst jetzt.

Wohin?
Wieder eine einfache Frage.
Ja, wohin?
Es kam eigentlich nur zweierlei in Frage. Das Meer. Oder eine große Stadt.
Ein Hotel, wie ein Krähennest über dem Meer schwebend. Das hatte schon was.
Oder eines, ganz versteckt in einem kleinen Gässchen, verborgen in der großen Stadt.
Oder beides. Das ginge auch. Vielmehr - eines nach dem anderen.
Alsooo - welche Städte kämen denn in Frage?
Rom ... und Neapel ... und ... Palermo vielleicht ... ja, Palermo ... warum nicht ...
Auf Sizilien war ich noch nie.
In Neapel nur auf der Durchreise. Auf dem Weg zu den Liparischen Inseln ... lange her ... lange, lange her ...
Und Rom?
Auch in Rom bin ich noch nie gewesen. Eine Schande ist das. Ein Skandal.
Ja also, was denn, dann ist es doch eigentlich klar ...
Rom. Rom wird mein Ziel sein.

Wenn ich dort kein solches Hotel finde wie es mir vorschwebt, dann weiß ich es auch nicht.

Und wenn es in Rom zu kalt werden sollte, kann ich immer noch weiterfahren.

An den Golf von Neapel ... bis ich dann schließlich doch nach Sizilien übersetze ...

Ja, so wird es gemacht. Das ist ein guter Plan.

Und jetzt gehe ich hinunter zum Fluss.

Mal sehen, was der mir zu erzählen hat.

22

Ich bin ja ganz verzückt.

Habe ich doch ein Gedicht über Cremona entdeckt.

Und noch dazu ist es von Hermann Hesse.

Den ich sehr mag.

Und wie er Cremona beschreibt!

Oh, mein Gott! So wundervoll.

Ich kann es kaum erwarten hinzukommen.

Und ehrlich gesagt. Es war so wunderbar, überhaupt mal wieder in seinen Gedichten zu lesen.

Es entsteht dann so ein Jubel. Nicht bei allen. Aber bei den Goldenen. Wenn die Zeit sich in sie legt. Die Schönheit. Das Lieben. Das Leiden an der Liebe. Das kann er so fühlend beschreiben.

Felix findet seine Gedichte leicht verkitscht. Ihm fehlt das Gespür. Daran liegt es.

Dann war mir noch eine Idee gekommen.

Warum soll ich fliegen? Ich könnte doch mit der Bahn.

Aber ausschlaggebend war das blöde Geld.

Es ist eben preiswerter mit dem Flugzeug.

Und letzten Endes geht es viel schneller.

Ich bin da.

Bin sprachlos. Glücklich. Ich sitze ganz still in meinem Zimmer.
Und denke nach.

An den Flug. An die Ankunft in Bergamo.
An die ZugFahrt von dort nach Cremona.
Und was mich dort empfing.
Es ist hineingestürmt in mich. Dieses Gefühl.
Das nicht weitergehen darf. Und es könnte auch gar nicht weitergehen.
Es muss noch bleiben. So wie es ist. Dass es nichts anderes gibt in mir. Es ist sozusagen alles belegt, was für Gefühle Platz hat in mir. Ich kann es nicht entlassen.
Der hohe Dom, der Turm, der Palast.
Es wird dauern.
Hätte ich doch etwas zum Umarmen hier.
Ich habe etwas.
Es ist mein Kopfkissen. Ich hab es mitgenommen.
Es kennt mich schon so lange. Es musste sein. Ich hätte nie gedacht, dass ich ein Kopfkissen mitnehme.
Aber als ich überlegte, was ich einpacken wollte, war es klar.
Es riecht nach mir. Es lässt sich nur noch wenig aufschütteln. Man bekommt Falten beim Schlafen, weil es nichts gegen Falten hat.

76

Ich nehme mein Kissen und weine hinein.

Heute Abend dreh ich es um. Oder es wird geföhnt.

Es sind besondere Tränen.

Es sind GlücksTrauerGlücksTränen.

Also. Man sieht an ihnen, dass das Glück überwiegt.

23

Wonach sucht der Mensch?
Immer nach der Insel. Der Insel der Seligkeit.
Die keine Insel sein muss.
Die Insel ist nur das Symbol.
Es steht für einen Zustand, den man für erstrebenswert hält.
Da fängt es schon an schwierig zu werden.
Weil - Zustand - das ist etwas Statisches, Starres, etwas, das erreicht wurde, und in dem man dann verharrt.
Jedenfalls sehe ich das so.
Und so will ich das nicht haben.
Also kein Zustand.
Eher etwas Fließendes sein. Wie der Fluss. In steter Bewegung. Aber ohne Hast. Sich seiner selbst bewusst.
Genau!
Eine Bewusstheit des Seins in der Bewegung.
Mit sich selbst im Reinen sein, mit dem was man tut.
Garn nicht so einfach, wenn man mit sich selbst halbwegs ehrlich umgeht.
Natürlich kann man sich immer alles schön reden.
Die größte Gemeinheit begehen, und sich gut dabei fühlen.

Autosuggestion.

Man kann sich so lange loben bis man es glaubt.

Ich nenne das mal die Politiker-Tugend.

Man muss nicht notwendigerweise böse sein um Böses zu tun.

Man redet sich auf Notwendigkeiten hinaus, erinnert an den Erhalt von Arbeitsplätzen.

Und - wenn ich es nicht tue, tun es andere.

Alles richtig.

Da komme ich jetzt aber vom Thema ab.

Das ist mal wieder typisch für mich.

Ich schweife mich ab, und bin im Dschungel meiner Gedanken gefangen.

Die wuchern von allen Seiten.

Ich sitze da, und werde vollgewuchert.

Irgendwie auch eine lustige Vorstellung.

Dabei galoppieren die Pferde so schön über den Fluss.

Es ist der Rauch, den die da drüben auspusten.

Der schwebt etwas halbherzig hoch in die Luft, aber weil kein Wind ist, dreht er um, dreht sich nach unten weg - und die Pferde beginnen zu galoppieren.

Der Rauch ...

Ist ja keine schöne Vorstellung.

Wenn ich bedenke, was da alles drin sein könnte.

Aber es ist wie es ist.

Wieder so eine Realität des Bösen.

Das Böse im Kleinen. Das Notwendige tun.

So tun sie es überall.

Es hat praktische Gründe, werden sie sagen.

Es hat wahrscheinlich tatsächlich praktische Gründe.

Die Welt ist schon kompliziert.

Aber das soll sie doch auch sein. Von mir aus gerne.

Und der Fluss fließt.

Und jetzt zieht Nebel auf, ganz unvermutet.

Nein, es sind nicht die Pferde.

Die sind stromabwärts davongaloppiert.

Sind über die Brücke gesprungen. Fort waren sie.

Nein, der Nebel war einfach da.

Der kam nicht von irgendwo. Der hat hier gesessen und gewartet.

Der hüllt mich ein. Und alles.

Die Konturen der Bäume beginnen zu verschwimmen.

Nebel hat Zauberkräfte.

Und ich sitze hier, unterhalb der Uferböschung, sitze im Sand.

Der Fluss gurgelt, gluckert, ganz leise.

Ich zünde mir eine Zigarette an.
Da bin ich also.
Denke ich. Versuche zu denken, mit dem
Denken zu beginnen.
Und fühle mich einfach wohl.

24

Cattedrale di Santa Maria Assunta Duomo di Cremona

Das hört sich schön an.
Und obwohl ich keine Kirchgängerin bin, ist mein erstes Ziel der Dom.
Weil er hier so strahlend ist. So aufreizend. Anziehend.
Der Torrazzo mit der astronomischen Uhr. Im Jahre 1309 wurde er fertiggestellt.
Wie haben sie das wohl geschafft. Ohne die modernen Hilfsmittel von heute.
Der Turm misst 112m. 8m Durchmesser hat die Uhr. Sie wurde im 16. Jahrhundert gefertigt.
Ein Campanile, wie man ihn oft in Italien findet. Dieser aber ist außergewöhnlich hoch.
Ein richtiges Wahrzeichen der Stadt. Unübersehbar. Unüberhörbar die wunderbaren Glocken.
Daneben der Dom und die achteckige Taufkirche.
Wer jetzt mit einer genauen Beschreibung rechnet, den muss ich enttäuschen.
Jeder Reiseführer kann das besser.
Jeder Heimatforscher kennt sich aus.

Ich bin eine, die darauf achtet, wie es sich anfühlt.

Wie verändert mich der Blick?

Wird mir heiß und überschwänglich, oder läßt er mich kalt.

Ob sich der Mond an die Zeit der Uhr hält?

Möchte ich die über 400 Stufen hochsteigen für den einmaligen Blick über Cremona?

Oder setze ich mich in eine der Bars am Rande der Piazza, und genieße den aperitivo mit Blick auf den Dom.

Zweiteres. Unbedingt.

Und morgen. Und übermorgen.

Und danach.

Wie wird es sich anfühlen, das Gefühl angekommen zu sein?

Ich kann mich gut erinnern, als ich diesen Satz zum erstenmal hörte.

Ich wusste nichts mit ihm anzufangen.

Damals dachte ich vordergründig. Ich war noch sehr jung.

Nach einem längeren Aufenthalt war ich aus dem Krankenhaus zurückgekommen, und war ganz nervös, und fühlte mich über-fordert. Wie würde alles klappen?

Da sagte eine Freundin diesen Satz.

Du musst erstmal wieder ankommen.

Ich dachte, was soll denn der Quatsch? Ich war doch bereits da, und man stellt sich dann nicht an und jammert rum. Man bemüht sich, und lässt sich nicht hängen.

Typische Psychokacke. Passt nicht zu mir. Geht alles ganz normal. Wie es zu sein hat. Und wenn man traurig ist, holt man sich raus aus der Traurigkeit. Alles easy. So geht leben. Und es klappte ja auch. Also bitte.

Aber der Satz blieb gespeichert. Und irgendwann habe ich ihn verstanden.

Immer dann, wenn ich irgendwo festhing, und nicht wusste, wohin die Reise (im übertragenen Sinn) gehen sollte.

Dann gab es die Option des Ankommens.

Und oft genug bin ich nicht angekommen.

Bin stehengeblieben, und habe von weitem auf mich geschaut.

Und den Kopf geschüttelt über mich. Weil ich den Frieden nicht machen konnte mit mir.

Ankommen bei sich bedeutet ja, den Frieden mit sich machen.

Das ewige Hadern hört auf. Alles ist gut.

Dann ist man erleichtert. Und fängt an zu genießen.

Und lernt sich immer besser dabei kennen.

Also, jetzt hör ich auf.

Es soll ja nichts Psychisches werden. Eher etwas Gutgelauntes.

Und doch. Die Psyche spielt immer mit.

Schönberg gegen Mozart. Fällt mir gerade so ein.
Der Vergleich ist gut.
Und Mozart steht für Gutgelauntes.
Ohne Zweifel.
Der cameriere sieht mich schmunzeln.
Er lächelt.
Ich auch.

25

Ich bin nach Süden unterwegs. An die Küste.
Piombino. Hab ich mir mal so grob
ausgewählt. Das sind knapp 350 Kilometer.
Ein Klacks.
Ich kann aber auch irgendwoanders bleiben.
Wo es mir gefällt. Wenn es mir gefällt.
Ich bin frei. Frei.
Ich fahre querbeet nach Modena. Dann auf
die Autobahn.
Querrunter. Querrüber. Einfach so.
Die Toscana. Hier kenne ich mich aus.
Ich denke kurz darüber nach, nach Lerici zu
fahren. Oder Viareggio.
Aber nein - nein.
Lieber ins Unbekannte.
Pisa und die Bäder von Lucca werden rechts
liegen gelassen.
Kurz vor Livorno biege ich auf die Autobahn
nach Süden ab. Autostrada Azzurra.
Es geht alles so schnell.
Ich muss an Umberto Ecos verrückte
Geschichte von der Karte im Maßstab 1:1
denken.
Und wenn ich mir das jetzt in 3D vorstelle,
dann gäbe es die Welt gleich doppelt.

Und wenn ich mir das weiter ausmale ... gibt es das doch auch. Oder doch annähernd. Googles Street View nämlich.

Das gibt es vielleicht nicht für die ganze Welt, doch für Italien ganz sicher.

Da hätte ich mir die Mühe gar nicht machen brauchen hierherzufahren.

Ich hätte die ganze Reise auch per Street View erleben können. Alles inklusive. Wenn ich falsch abbiege, fahre ich entweder einfach weiter und versuche mein Glück, oder ich dreh wieder um. Es wären dieselben Entscheidungen zu treffen wie im wirklichen Leben. Und die Straßen und die Plätze und die Häuser könnte ich ganz nach meinem Belieben mit Menschen und mit Abenteuern füllen. Es bliebe meiner Fantasie überlassen.

Die Idee macht mich ganz kribbelig.

Ich müsste mal eine Runde mit den Armen schlenkern.

Die nächste Raststätte ist meine.

Die Gegend ist eintönig. Eine Hochebene. Links und rechts Berge, doch in weiter Entfernung.

Die Raststätte ist so wie sie sein soll, nicht mehr und nicht weniger schmuddelig als die meisten.

Es gibt eine Espresso-Bar, MyChef heißt das Ding und gehört zu einer Kette, ich begegne diesem Chef nicht zum ersten Mal auf meiner Reise.

Ich esse ein Mortadellabrot, trinke Kaffee.

Dann geh ich wieder raus auf den Parkplatz, rauche eine Zigarette, sehe mich um.

Das Land wartet auf irgendwas. Vielleicht eine durchziehende Legion.

Das war die Via Aurelia hier. Weiter südlich heißt die Autobahn dann auch so.

Eine der vielen Straßen, die nach Rom führt. Führte und führt. Damals wie heute.

Es geht eine Wolke über mir hin, die wie ein Drache aussieht, der nach Süden fliegt.

Der will also auch nach Rom!

Der Drache hat einen ganz weißen Bauch. Ungeschützt erscheint er mir.

Drache! Pass auf! Wenn du der Legion begegnest, dann weiche aus in die Berge.

Der Drache hört nicht auf mich.

Ich steige ein und fahre ihm hinterher.

Bald habe ich den Drachen überholt, eine Stunde später Piombino erreicht.

Ich bin runter an den Hafen gefahren.

Das Meer! Wie es atmet!

Aber es kommt nicht das rechte Feeling auf.

Das gibt es.

Hier also soll ich nicht bleiben.

Also weiter.

Raus aus der Stadt.

Die Küste entlang. Es ist schön.

Das vorhin hatte ja nichts zu bedeuten. Das hatte nichts mit dem Meer zu tun.

In Puntone verpasse ich die Abzweigung zum Hafen, die Straße, die weiter am Meer entlang führt.

Es geht wieder ins Landesinnere. Ach, was solls. Es wird sich schon was finden.

Schon bald.

Ein kleines Örtchen. Pian d'alma.

Bevor ich mir ausreichend Gedanken machen kann, was der Name wohl bedeuten mag, bin ich an der einzigen Kreuzung angelangt. Ich biege rechts ab, nach Westen, die Straße wird mich wohl zurückbringen ans Meer.

Weit komme ich nicht. Einige hundert Meter. Mal eben aus dem Dörfchen raus steht dort ein Haus. Einsam steht es da, hinter einer Hecke verborgen.

Das Haus ist in einer Farbe gestrichen, der ich nicht widerstehen kann. Pastellgelb, wie es viele italienische Landhäuser sind.

Im Vorüberfahren war mir das Schild aufgefallen. Einmal mehr ein Bed & Breakfast.

Es gibt keinen Verkehr. Ich halte an, setze zurück, biege in die Einfahrt ein.

Mal fragen.
Aber natürlich ist etwas frei.

Ich richte mich ein, verstreue meine Bücher
wie gewohnt.
Ich habe mich an das Alleinsein gewöhnt.
Ich werde nicht in irgendeine Kneipe gehen
und die Leute anquatschen.
Auch wenn mir eben der Gedanke kam. Eine
Gelegenheit suchen, mich in der Sprache zu
üben.
Um Gottes Willen!
Und wenn ich in eine Kneipe ginge, dann
würde sich doch nur der Dorfsäufer an
meine Fersen heften. Das ist so. Überall auf
der Welt ist es das gleiche. Wie ein
Naturgesetz.
Also, Fremder - hüte dich!
Comunque sia. Ich werde nichts forcieren.
Ich fahre auch nicht runter ans Meer.
Ich bin auf Rom fixiert.
Ich werde lesen.

26

Ich mach es kurz. Es steht mir nicht zu, ausführlich zu werden.
Viel zu viel würde ich dabei übersehen. Weil ich zu wenig Ahnung habe.
Das stört mich nicht weiter.
Wenn ich fasziniert bin, stört mich nie etwas.
Da gibt es nur die Begeisterung. Und die ist riesig. Und maßlos.
Ich möchte alle anstecken damit. Und dann kommt einer, der sagt:
nun übertreib mal nicht so.
Und Bäääm!
Das geht gar nicht. Begeisterung kann man nie übertreiben!

Die Musikinstrumente im Stradivari-Museum waren so faszinierend.
Das ganze Museum ein einziger Lichtblick.
Dort hängt sozusagen der Himmel voller Geigen. Voller Streichinstrumente.
Und dass sie unbezahlbar sind, leuchtet mir ein. Stradivari. Guarneri. Amati.
Sind die bekanntesten.

Die heutigen Geigen baut man oft nach den alten Vorbildern.

Es gibt Schnittmuster dafür. Die kosten natürlich.

Axel Hain. Der Geigenbauer, der mich beim Vortrag so begeisterte, hat hier am internationalen Geigenbauwettbewerb teilgenommen. Concorso Triennale.
Welche Leistung. 31 Länder beteiligten sich.

Die Entstehung der Instrumente wurde anschaulich gezeigt. Schritt für Schritt.
Wie Töne entstehen, feinste Nuancen.
Selbst als Laie hört man die Unterschiede.
Deswegen ist ein Instrument heutzutage fast immer eine Auftragsarbeit von Profi Musikern.Welcher Klang passt mir am besten. Und zum Orchester. Welche Partituren sind mir die liebsten.
Alles duftet und schwelgt in herrlichsten Klängen. Man hört die Seelen der alten Meister jubeln.

Ich bin müde. Und froh, wieder im Hotel zu sein.
So richtig froh allerdings nicht.
Ich fühle mich nicht ganz wohl hier. Trotz Kissen.

Ich weiß nicht warum. Es ist irgendwie kalt hier. Nicht gemütlich.

Und außerdem gibt es nicht eine Lampe, die wirklich hell ist.

Die Deckenleuchte könnte hell sein, wären nicht zwei Leuchtmittel darin ausgefallen.

Das Hotel ist für vier Übernachtungen gebucht. Mit der Option auf Verlängerung.

Die wird es wohl nicht geben.

Genau weiß ich es noch nicht. Morgen geh ich zum Fluss.

Und dort wird meine Entscheidung fallen.

Bleibe ich, oder ziehe ich weiter.

Jetzt werde ich lesen.

Bei schlechtem Licht.

Du verdirbst dir die Augen. Sagte meine Mutter. Da war ich eine Leseratte.

Die bin ich geblieben.

Meine Mutter ist lange tot. Ob es sie irgendwo gibt?

Mein Handy muss aufgeladen werden. Mein Notebook auch.

Mehr nicht. Ich gehe nicht ins Internet.

Nicht heute.

Mein Buch ist ganz abgegriffen. Es hat schon viel aushalten müssen.

Ein dicker Gedichtband ist es.

Daneben liegt ein weiteres Buch. Naokos Lächeln. Von Haruki Murakami geschrieben. Bis zum Glühwürmchen bin ich gekommen. Ich muss sehen, wie es weitergeht. Mit dem Glühwürmchen und mit mir.

27

Ich habe nicht nur gelesen, ich habe mich auch auf den verschiedenen Booking-Portalen umgeschaut.

Also - zu haben ist fast überall was, in allen Stadtteilen Roms.

Und wenn es vier bis fünf Kilometer aus dem Zentrum hinausgeht, kann es schon überraschend preiswert sein, das hätte ich wirklich nicht gedacht.

Und was sind schon vier, fünf Kilometer. Rom ist eine ausgewucherte Stadt. Es könnten auch zehn Kilometer sein, es gibt eine Metro und die Regionalbahnen, also was solls, will ich mal meinen.

Aber: Nein!

Ich will in die engen Gassen, ich will mitten ins Gewusel hinein.

Das, was ich mir so vorstelle, in meiner Unbedarftheit.

Ich stelle mir knatternde Vespas vor, alte Männer mit gelben Fingern, gelbe Zigaretten rauchend, während sie in klapprigen Stühlen vor der Haustüre sitzen, dem süßen Nichtstun hingegeben wie die schönen schwarzhaarigen Römerinnen in ihren weit schwingenden Glockenröcken, die an mir vorüberflanieren, während ich mich im

Straßencafé häuslich eingerichtet habe und genieße.

Ich weiß, dass es nicht so sein kann, dass es ein Bündel von Klischees ist, aus der Zeit, als die Postkarten noch schwarz-weiß waren. Eine Schwarzweißfärberei.

Ich wünschte, dass es der Wahrheit entspräche.

In einer anderen Ecke meines Kopfes amüsierte ich mich.

Na und - warum nicht?

Beides gestattete ich mir, und gestattete es mir mit Vergnügen.

Also? Na los. Ich werd's ja erleben. Morgen.

240 Kilometer sind es. In drei Stunden sollte ich im Zentrum sein. Falls mich kein dicker Stau erwischt.

Ankunft Rom.

Der Verkehr wächst an.

Die Stadt nimmt mich auf, wie einen Großstädte aufzunehmen pflegen. Plötzlich sind sie da. Kleine Industrien, große Baumärkte, Tankstellen, Autohändler, Supermärkte, die ersten Wohnblocks.

Hier noch könnte ich umkehren, gäbe es ein Zurück.

Aber zurück will ich ja nicht. Ich will voran, will dorthin, wo mich der Zauber erwartet.

Selbst aus dem Auto heraus kann man ihn spüren. Das sagt mir die Erfahrung. Wenn er da sein wird. Wenn er nur erst kommen wollte.

Und er kommt, er kommt ganz unwillkürlich, wenn die Stadt sich mehr und mehr offenzulegen beginnt in den Menschen, deren Gebärden, Gebäuden, Parkanlagen, an denen du vorüberfährst, wenn sich Sympathien einzustellen beginnen, oder nicht.

Wenn die Stadt ihren Schleier lüftet, ganz allmählich.

Das ist natürlich nur ein kleiner Fingerzeig, ein Flüstern: Das bin ich dir, könnte ich dir sein.

Hier entscheiden sich Schicksale, richten sich Spannungsbögen auf.

Eine leichte Nachdringlichkeit schwingt mit.

Magst du nun, oder magst du nicht?

Ich mag. Ich werde mich auf diese Stadt einlassen wollen. Ich kann es kaum erwarten.

Weil ich über die Aurelia kam, steuerte ich direkt auf den Vatikan zu.

Rings um den Vatikan, das wusste ich von meinen Recherchen, gab es eine Vielzahl preiswerter Unterkünfte. Ich argwöhnte allerdings, dass sie bevorzugt von Pilgerreisenden frequentiert waren. Und dass ich mich inmitten frömmelnder Katholiken nicht wohlfühlen konnte stand fest.

Also musste ich zusehen, dass ich mich irgendwie auf die andere Tiberseite durchschlug.

Ich quälte mich über eine vollgestopfte mehrspurige Straße, durch einen Tunnel, über eine Brücke.

Auf dem Corso Vittorio Emanuele II streckte ich die Segel. Ich umkurvte eine Kirche und fand schließlich in einer Seitenstraße eine Parklücke.

Ich werde mein Glück zu Fuß versuchen.

28

Die Welt am Fluss. Die Welt am Po.
In Cremona.

Hat man sich erst einmal hineingehört,
versteht man jeden Fluss.
Abseits der Fischer. Abseits der Schiffe.

Der Park am Po. Wie wunderbar. Die ganze
Vogelwelt scheint hier versammelt.
Ein Erholungsgebiet direkt am Fluss. Mit
Bänken zum Verweilen. Die Natur zu
betrachten.
Schön ist es hier.
Man mag sich gar nicht vorstellen, wieviel
Unheil der Po schon angerichtet hat.
Die vielen Überschwemmungen, die großes
Leid über die Menschen brachte.
Hier gibt es zumindest keine Häuser, die bis
an den Rand des Pos gebaut wurden.

Solch ein Platz kann alles wieder gutmachen.
Man sitzt und denkt. Über dies und das.
Erinnert sich an seine Pläne, überlegt
aufzubrechen.
Ich überlege auch.
Warum bin ich nicht geblieben? Was hat
mich getrieben die Zelte abzubrechen?

Doch nur aus einem Grund.
Es sollte sich etwas ändern. Nicht es.
Ich mich.
Das bedeutet. Nicht mehr die Angepasste.
Ja. Ist gut. Ich mache was von mir erwartet wird.
Sondern. Nee, passt mir nicht. Seh ich nicht ein.

Ergo.
Ich seh nicht ein, dass ich in einem ungemütlichen Hotel bleibe.

Ich werde weiterziehen.
Und das ist schön.

Normalerweise könnte ich jetzt ein Spielchen spielen.
Die Augen zu, und mit dem Finger auf der Landkarte hin- und herkreisen.
Beim StopRufen sehen wo der Finger steht.

Muss ich nicht. Mir kam eine Idee.
Entweder Varese oder Modena.
Was beides miteinander zu tun hat?

Ich war vor vielen Jahren in der Nähe von Varese.

Und habe es nicht geschafft, mir das Städtchen anzusehen.

Es gab jemanden, mit dem ich mich oft dort unterhalten habe. Giovanni.
Er stammte aus Varese. Betrieb ein kleines Andenkenlädchen, und hielt es in den Wintermonaten geschlossen.
Keine Touristen. Ich nix brauchen Laden aufmachen.
Er wohnte in der Nähe meiner Pension, um ein paar Tage zu entspannen.
Ich war zu Besuch bei meinen Eltern, die den Winter in Italien verbrachten.
Unterwegs zum einzigen Geschäft des Ortes, traf ich ihn.
Er kannte meine Eltern, und erkundigte sich nach ihnen.
Im supermercato angekommen, zeigte er mir den ricotta, den meine Eltern bevorzugten.
Der Beste! Er hob den Daumen.
Na dann.
Er erklärte mir den Unterschied zum deutschen Quark.
Bisschen anders. Nur fast identisch. Er lachte.
Muss man kennen das andere. Bei den Menschen und bei sich.

Aha.

Sehr weise. Ich lachte auch.

Sagt Rovatti. Ist wichtig. Filosofia. Er machte seine Augen klein, um sein Entzücken zu zeigen.

Ja, antwortete ich. Die Philosophie ist schon recht interessant.

Rovatti, sagte er, ist ein großer Mann. So wie Kant.

Wir lachten beide.

Ich kannte Kant, aber keinen Rovatti.

Ich hab Giovanni damals versprochen, ihn zu besuchen.

Im Sommer irgendwann. In seinem Andenkenlädchen.

Giovanni war der Stein des Anstoßes.

Ich fing an mich für Rovatti zu interessieren.

Ein Philosoph aus Modena.

Und sein Buch habe ich mir mitgenommen. Ungelesen bisher. Wie so viele Bücher.

Ich muss es unbedingt lesen.

Es wird darin der Wahnsinn erklärt.

29

Eintauchen ins Zwielicht der römischen Gassen.
Das Zauberspiel von Hell und Dunkel erleben.
Und doch ist immer Licht. Licht im Herzen.
In den Zauber versunken gehe ich. Unmittelbar.
Noch sind kaum Menschen um mich.
Längs der Mauern sind viele zweirädrige Maschinen aufgestellt, die mir einen flinken Eindruck machen. Genau die richtigen Gefährte für diese Umgebung. Genau das, was ich mir vorgestellt hatte. Sie. Und die kleinen wendigen Fiats. Gassenfahrzeuge. Herrlich!
Und es belebt sich so nach und nach.
Ich habe keinen rechten Eindruck wo ich mich befinde, noch wohin ich unterwegs bin. Ich widerstehe der Versuchung mein Handy herauszunehmen und einen Blick auf den Stadtplan zu werfen. Nein, nichts da. Weitergehen. Genießen. Den Zauber aufsaugen. Immer mehr.
Dann, plötzlich, die luftige Helligkeit eines kleines Platzes, auf den ich hinaustrete.

Wieder eine Kirche. Und noch mehr Gassenfahrzeuge. Und viele Menschen, nun doch.

Ein Zigarettenladen. Tabacchi steht zu lesen. Am Eingang ein Ständer mit Postkarten.

Ich gehe hinein, kaufe mir Zigaretten. Ich hatte bisher von den Tabakvorräten gezehrt, die ich mitgebracht hatte.

Nazionali sollen es sein. Die Wahl der Marke ist eine Selbstverständlichkeit. Es geschieht so, wie ich mich in Frankreich stets für Gitanes, in Spanien für Ducados entscheiden würde. Es ist eine Tradition.

Ich kaufe gleich mehrere Päckchen. Und den Fatto Quotidiano. Angeber, der ich bin. Nein. Nicht ganz. Beim Zeitungslesen kann man viel lernen. Es geht einfacher als mit Büchern. Und nun, wo ich sesshaft zu werden gedenke, werde ich auch die Zeit dafür finden.

Nebenan ist eine Bar. Dort setze ich mich hin, rauche, trinke einen Espresso. Blättere in der Zeitung. Wunderbar!

Nun bin ich angekommen.

Ja. Das Gefühl ist da. Es sitzt neben mir.

Nun nehme ich doch mein Handy heraus, klicke den Stadtplan an.

Aha! Hier bin ich also. Na, das ist mir sehr recht.

Dort drüben, die Kirche, das ist San Carlo ai Catinari. Der Name klingt irgendwie mysteriös. Aber so erscheint mir doch alles hier. Nein. Ich werde sie nicht besuchen gehen. Die Kirchen können warten.

Ich werde lieber in die andere Richtung gehen und nach einer Unterkunft Ausschau halten.

Nach diesem unbedingt mysteriösen Etwas, das mich anspringen wird.

Heimeligkeit, Grandezza und Dekadenz. Jawohl. Das sind die drei Kriterien. Sie sind mir eben unwillkürlich in den Kopf gefahren. Komplizierter geht's wohl kaum.

Aber sie waren einfach da.

Und nun sieh zu. Sieh zu, was du damit anfangen kannst.

Gar nichts brauche ich damit anzufangen.

Wenn ich es sehe, weiß ich es.

Hatte ich es mir nicht mit genau diesen Worten so vorgestellt? In Revere war das, nur wenige Tage ist es her, und erscheint mir doch wie eine Ewigkeit zu sein. Und eine andere Welt. Denn nun bin ich hier. Bin ich angekommen.

Ich scrolle über den Bildschirm. Ach ... das ist ja interessant ... das Campo di' Fiori ... ich schau nochmal bei Wikipedia nach, blättere weiter ...

Na, sowas aber auch!
Alsooo - da will ich hin ...

Dass dein Denkmal inmitten der Blumen steht, Giordano Bruno, kann kein Zufall sein. Etwas skeptisch schaust du schon hervor unter deiner Kapuze, doch ist keine Finsternis in deiner Mine zu lesen.
Haben sie dir wirklich die Zunge festgebunden, damit du zuletzt nicht doch noch einmal sprichst zum Volk?
Ach, nein. Es wird wohl eine Legende sein.
Zu gut wusstest du, dass es fruchtlos sein würde.
Acht Jahre lang hattest du dir die Zunge nicht verbiegen lassen in den Kerkern, unter der Folter, ständigen Verhören ausgesetzt.
Hier, angesichts des Scheiterhaufens hieß es schweigend sich auf die weite Reise vorbereiten.
Dein Denken blühte weiter fort.
Dessen warst du dir gewiss, du, der du die Welt auf den Kopf gestellt hast.
Wie es sich gehört.
Wo sie hingehört.
Kein Droben, kein Drunten, ein beständiges Gleiten im ewigen All.
Du, der Fragen stellte, der alles in Frage stellte.

Du bist den Weg vom Kreuz zu den Blumen
gegangen.
Dort stehst du nun.
Es duftet, es blüht.
Wie neugierige Kinder blicken die Fenster
der Palazzi hinunter auf deinen Platz.

30

Wahnsinn hin oder her. Was mir so alles in den Sinn kommt.

Und ich habe sämtliche Pläne über den Haufen geworfen.

Aber der Reihe nach.

Ich habe mich mit Giuseppe unterhalten.

Als ich zurück ins Hotel kam, und mich dem Wahnsinn hingeben wollte, bemerkte ich, dass zu einem richtig guten Wahnsinn auch richtig gutes Knabbergebäck gehört.

Die Minibar bot nichts Gescheites. Außerdem ist es viel zu teuer. Ich beschloss das kleine Lädchen aufzusuchen. Nicht weit vom Hotel entfernt.

Dort gibt es allerhand Leckereien.

Und es gibt dort Weingummi und Lakritz. Ich finde, beides passt sehr gut. Zum Wahnsinn, und zum wahnsinnig werden, wenn man nichts findet, seine Gier zu stillen.

Ich bückte mich also nach den orsetti gommosi, als ich eine Geige nebst dazugehörigem Kasten im Rücken spürte.

Es war Giuseppe.

Er entschuldigte sich, und wir gerieten ins Schwatzen.

Es bot sich eine Ecke im hinteren Teil des Lädchens an.

Dort standen wir und parlierten. Obwohl.

Ich gebe zu, er hat mich unterhalten, weil er Deutsch spricht.

Und ich. Ähm, genau! (Ich sollte mich endlich aufraffen Italienisch zu sprechen.)

Jedenfalls meinte Giuseppe, ich müsse unbedingt Rom sehen.

Rom ist Italien. Sagt Giuseppe.

Und er ist so verzückt gewesen und voller Begeisterung.

Des Rätsels Lösung. Er ist Römer.

Und wäre er nicht in Cremona, wäre er auf jeden Fall in Rom.

Er studiert in Pavia Musikwissenschaften, spielt Geige und wohnt deshalb in Cremona.

Cremona, sagt er und schlägt die Augen auf.

Greift sich mit der rechten Hand ans Herz, und noch einmal:

Cremona.

Ja, sage ich. Das verstehe ich. Und wir stehen beide ganz verzückt da.

Und hätte ich mir auch ans Herz gegriffen, wären wir Zwillinge gewesen.

Zweieiige natürlich.

Und dann passierte etwas Unerhörtes. Ich bezahlte meine Sachen, die ich noch um eine Flasche Cinzano aufgestockt hatte (Rosso). Gutgelaunt verließ ich den freundlichen Ladenbesitzer.

Giuseppe wartete vor dem Lädchen auf mich. Ich lächle ihm zu.

Und er packt seine Geige aus, und spielt die Humoresque von Dvorak.

Also.

Ich bin geflasht. Und wie.

Zum Niederknien.

Auch Giuseppe. (Ich empfehle jedem, den Namen laut auszusprechen. Mit einer gewissen Weichheit in der Mitte. Dann weiß man ihn sich vorzustellen.)

Nicht nur die Musik.

Aber natürlich die Musik.

Mit dem Torrazzo im Hintergrund.

Zum Dahinschmelzen.

Und als er mir anschließend sagt, ich müsse nach Rom.

Dann ist es doch wohl klar. Dass ich nach Rom muss.

31

Ja! Das ist es! Aber sowas von!
Ich stehe, stehe wie erstarrt.
Nicht, als sei ich vom Blitz getroffen.
Als hätte mich ein Engel sanft an der Schulter berührt.
Mein Engel des Erwachens.
Mein Engel des Erkennens.
Wie sich eine Einheit in Einsicht bildet. Auf meine Augen senkt.
Die weinlaubbekränzte Fassade.
Bis weit nach oben reicht es hinauf. Und scheint wie ein Baum, wie ein Wald sogar.
Ein grünes Wunder inmitten der Stadt.
Hundertwasser hätte seine helle Freude daran gehabt.
Und wie ich mich erst freue!
Ich taste mich vor.
Nein! Es ist fast ein Spurt, den ich hinlege.
Eine Art von Ekstase, die mich antreibt. Die treibt mich hinein.
Ins Hotel.
Denn darum geht es. Darum ging es ja doch.
Danach war ich auf der Suche. Und nun habe ich gefunden.
Gott, ist das schön!
Nun - ja - opulent ...
So ganz das meine ist es nicht.

Rokoko. Später Barock.

Irgendwo da. Finde ich mich. Verwirrt, verworren, verwoben.

Huch, was für plüschige Sofas!

Probesitzen. Möchte ich, fällt mir ein.

Aber - halt! So weit sind wir noch nicht.

Der Empfang ist auch nicht ohne.

Barockes Holz. Und eine mir freundlich entgegenlächelnde Rezeptionistin.

Unter einem Kristalllüster - hach! - ich fasse mir ein Herz. Und frage.

Ja. Glück gehabt. Es wäre noch etwas frei.

Ich frage weiter nach.

Der Preis für die Übernachtung ist hoch, doch nicht so hoch, wie ich befürchtet hatte, bleibt im Rahmen des Erschwinglichen.

Und als ich erwähne, wie lange ich zu bleiben gedenke, kommt sie mir mit dem Preis entgegen, ohne dass ich danach gefragt hätte, kommt mir so sehr entgegen, dass mir fast der Atem stockt.

Also - tatsächlich. Kaum, dass ich meine Zustimmung stottern kann.

Und ein weiteres freundliches Lächeln ernte.

Sogar einen Parkplatz können Sie mir anbieten. Dem Hotel stehen in einer nahegelegenen Tiefgarage einige Stellplätze zur Verfügung. Das kostet zwar noch extra was, aber was solls. Eine Sorge weniger.

Was bleibt mir anderes übrig, als entzückt zu sein. Und entzückt bin ich. Und entzückt will ich sein.

Obwohl ...

Ich lasse mich auf mein Zimmer begleiten.

Die geschwungenen Decken fallen mir auf, die gerundeten Durchgänge.

Fallen mir auf und schmeicheln meinen Augen. Blicken.

Und der Plüsch allerorten. Das Plüschige zum Verweilen.

Es ist eindeutig zu viel für mich.

Und entspricht doch meinen Kriterien.

Der decadenza. Doch nicht im wörter-buchlichen Sinne, oh nein. Es hat nichts mit Verfall und Niedergang zu tun. Es ist überbordend, schwelgerisch, üppig und - ja - opulent. Das, was mir als erstes dazu eingefallen war. Es war schon richtig so.

Und da steht ein rotes Plüschsofa auf meiner Etage ...

Und das ist sowas von ...

Aber sowas ...

Das werde ich nachher ausprobieren, nicht jetzt, wo ich in Begleitung bin, das wäre denn doch etwas peinlich, wenn ich mich jetzt darin fallen ließe ...

Ich muss fast grinsen.

Aber nachher. Wenn ich alleine bin.

Und auch das Zimmer ... heiliger Strohsack!
Das heißt, von Strohsäcken kann natürlich keine Rede sein.
Opulente Üppigkeit.
Mir wird der Schlüssel überreicht. Es ist mein. Ich bedanke mich artig.
Ich bin allein.
Schaue mich um. Ehrfürchtig.
Eine Brokatdecke auf dem Bett. Blumen in der Vase daneben. Duftend. Solides Holz der Schränke. Verziert. Schnitzereien. Edler Stoff der Vorhänge. Ich ziehe sie beiseite.
Das Fenster geht auf die kleine Straße hinaus, die zum Campo führt.
Wunderbar.
Doch jetzt das Sofa. Das muss sein.
Ich muss ja sowieso das Auto rumfahren, meine Sachen aufs Zimmer bringen.
Das Sofa ist der Hammer.
Hier zu sitzen und zu träumen ...
Aber was! Dazu bin ich nicht da. Dazu ist später noch Zeit. Und es gibt ja doch so viel mehr. Es wird so viel mehr noch zu entdecken sein.
Was ist das für ein wundersamer Tag!
Solche Tage gibt es. Solche Tage sind.

32

Auf jeden Fall werde ich fliegen. Und ich weiß auch schon, was ich mir zuallererst ansehen werde.

Den Trevi Brunnen. Er hat mich immer schon interessiert.

Aus alten Filmen kenne ich ihn.

Ein Herz und eine Krone. Audrey Hepburn und Gregory Peck. Die Szene mit dem Friseur.

Und natürlich Dolce Vita. Anita Ekberg und Marcello Mastroianni.

Alsoo. Eigentlich müsste man mit der Vespa durch die Stadt kurven.

Das fand ich ja früher immer so stark.

In Italien kam es nie so drauf an. Alles fuhr kreuz und quer. Jemand hupte immer.

Die engen Gassen in den kleinen, bunten Städtchen. Was hatte ich manchmal für Probleme ihre Breite abzuschätzen.

Die Häuser direkt an der Straße. Wie sie sich so selbstverständlich aufstellen. Und vertragen sich mit den Menschen und Fahrzeugen. Ohne Bordstein.

Nur die großen Straßen damit ausgestattet.

Und die kleinen Orte an den Hängen der Berge. Wie sie in der Sonne leuchten.

So wunderbar. Wie gemalt. Diese südlichen Farben.

Schon damals im Stillen der Wunsch.

Italien.

Das Land der Schönheit. Der Eleganz. Der Ausdruck für üppiges Glück.

Und wie es duftet. Dieses Glück.

Nimm es nicht so schwer.

Dieser Satz hängt über dem ganzen Land.

Er begleitet die Marktfrauen mit ihren rissigen Händen.

Den alten Mann, der in der kleinen Kirche um die Frau seines Lebens weint.

Wenn er sich segnet, und aus der Kirchentür tritt.

Er weist zum Himmel mit seinem Arm, den er fast gar nicht heben kann, weil ihn die Schulter schmerzt.

Er lächelt mich an. Da oben, sagt er, da oben ist sie bei Gott.

Er erzählt von Deutschland, und findet Köln sei die schönste Stadt.

Er war als Gastarbeiter dort, in den sechziger Jahren, und baute mit am Ford Taunus 17M.

Er spricht immer noch meine Sprache. Und wie gut.

Seine Augen leuchten, als er von seinen Bambini spricht.

Aus allen ist etwas geworden, sagt er.

Und klopft sich stolz an die Brust.

Nimm es nicht so schwer.
Ich gehe noch einmal an den Po.
Ihm zu erzählen von meinen Plänen.
Die ewige Stadt. Roma. Rom.
Ganz vertraut ist er mit mir. Es ist, als habe er sein Einverständnis gegeben.
Ich höre sein leises Rauschen. Es geht das Herz mir auf.
Er wird mich dem Tiber übergeben.
Eine Bewunderin werde ich sein.
An seinen Ufern werden Maler sitzen. Und die schönsten Aquarelle fertigen.
Wer kennt sie nicht. Wenigstens ein paar.
Der Tiber ein breiter, schwerfälliger Strom.
So stelle ich ihn mir vor.
Und es drängt mich. Ich muss etwas berühren.
Und die Pappeln rauschen ein Verstehen zu mir herüber.
Ich gehe eine von ihnen umarmen.
Das Efeu kümmert es nicht. Es hat festen Halt gefunden.
Eine Symbiose.
Meine Stirn legt sich an das Efeu. Und ich grabe es mit meinen Händen ein wenig zur Seite.

Ich möchte die Rinde wissen. Halt suchen an
ihr. Wie das Efeu sein.
Du, nimm mich, und beschütze mich.
Am liebsten wäre mir hineinzukriechen.
Unsichtbar für die Welt.
Geborgen im Baum.
Ich merke, wie ein paar Tränen fließen.
Es sind Sehnsuchtstränen des Glücks.
Ich sehe es vor mir liegen.

Flughafen Rom-Fiumicino.

Dort werde ich morgen landen.

33

Ich liebe die Bequemlichkeit. So sehr, dass es in Bedenklichkeit ausartet.

Zuhause, wenn sich die Zeit dazu fand, also vorzugsweise an den Wochenenden, liebte ich es die Vormittage im Bademantel zu verfläzen. Auf dem Sofa liegend, das Frühstück in die Länge dehnend.

Lesen, denken, dahinträumen.

Ein Zustand, in dem ich mich gerne befinde. In dem ich mich gerne wiederfinde.

Hier finde ich mich wieder, erfinde mich neu darin.

Denn ich werde mich wohl kaum im Bademantel bewegen können. Darin zum Frühstück zu erscheinen eine Unmöglichkeit. Weder bin ich so exzentrisch, noch finde ich, dass man die Exzentrik auf die Spitze treiben sollte, es wäre eine bloße Plattitüde. Und ist ja auch gar nicht notwendig. Ich kann es mir auch auf andere Weise angenehm machen.

Es gibt eine Dachterrasse, die von atemberaubender Schönheit ist.

Nach dem Frühstück steige ich dort hinauf. Nach einem Frühstück, das ich sehr nachdrücklich in die Länge ziehe.

Das Frühstücksbüffet ist reichlich. Reich und schön. Unitalienisch, nach allem, was man so hört. Und selbst erfahren hat. Und Italienisch, nach den Frühstücksgewohnheiten, bin normalerweise auch ich. Ein Croissant zum Kaffee. Fertig.

Normalerweise.

Aber hier ist nicht normal.

Hier ist Schwelgen angesagt. Und ein sich in den Tag finden, ein Gleitenlassen, unbedingt. Ich frühstücke, lese, träume, trinke Kaffee, drehe eine zweite Runde ums Büffet.

Wenn ich ausgeträumt habe, fürs erste, und mich gesättigt fühle, in jeder Hinsicht, steige ich zum Dachgarten hinauf.

Denn ein Garten ist es auch. Es grünt und blüht. Korbmöbel stehen bereit, mit den bequemsten aller Polster. Darauf lasse ich mich nieder, bestelle mir einen weiteren Kaffee, rauche, träume - und schaue.

Von hier oben sieht man das ganze Rom.

Oder doch beinahe. Beinahe wie von der Kuppel des Petersdomes.

Das soll ja der herrlichste aller herrlichen Ausblicke sein.

So habe ich es gelesen.

Für einen ganz besonderen Tag soll man sich diesen Besuch aufsparen. So heißt es. So werde ich tun.

Meine Gedanken schweifen anderswohin.

Zum protestantischen Friedhof. Vielmehr dem, was wir den protestantischen Friedhof nennen. Von den Römern wird er der Acattolico genannt, und recht so.

Was hier für ein Volk rumliegt!

Und es sind ja nicht nur die Protestanten, auch die Russen liegen hier.

Der erste, der hier, inoffiziell, versteckt, draußen vor den Mauern der Stadt, begraben wurde, war ein junger Engländer, der vom Pferd gefallen war. So geschehen im Jahre 1738.

Das war noch ein Einzelfall. Dann aber nahm es überhand.

1821 wurde der Friedhof auf Geheiß des Papstes offiziell gemacht. Das Anbringen von Kreuzen aber wurde untersagt, und Beisetzungen durften nur des Nachts durchgeführt werden.

Das Zeitalter der Romantik hatte allerlei wüstes, lästerliches Volk in die Stadt getrieben, das sich hier - oh Schreck! - auch noch häuslich einzurichten begann.

Tiecks Sternbald wird zu dieser Völkerwanderung im Kleinen nicht wenig beigetragen haben. So, wie er den Süden, ohne zum Zeitpunkt der Niederschrift jemals dort gewesen zu sein, beschrieben hatte, das klang einfach zu verführerisch.

Es waren bildende Künstler vor allem. Und vor allem Engländer und Deutsche.

Ich denke an die Lukasbrüder, die Nazarener.

Wüstes Volk, wahrhaftig, Felix Mendelssohn-Bartholdy hat sie beschrieben, grobe Kerle mit dicken Bärten und bunten Brillen.

E.T.A. Hoffmann hätte es nicht besser hinbekommen können.

Er hat ihnen bitter Unrecht getan. So übel waren sie nicht, auch nicht in künstlerischer Hinsicht.

Und dann natürlich der Keats und der Shelley. Zwei, die ich sehr, sehr gerne mag.

Die wollte ich unbedingt besuchen gehen.

Ich denke auch an Carl Philipp Fohr, der hier in Rom im Jahre 1818, gerade mal dreiundzwanzigjährig, beim Baden im Tiber ertrunken war.

Der hatte eines meiner Lieblingsbilder gemalt: 'Romantische Landschaft in Italien'.

Es heißt, dass es seine Liebste war, das junge Mädchen, das da des Weges kam, mit dem Kind auf dem Arm, einem anderen zur Seite, wahrscheinlich jüngere Geschwister, die er portraitierte, denen er in diesem Bild ein ewiges Denkmal gesetzt hatte.

An dies alles, und an diese alle dachte ich. Und darum sollte der Weg hinaus zum Friedhof mein erster großer Ausflug werden.

34

Rom von oben.
Der Tiber fließt in der Flussebene inmitten
einer hügeligen Landschaft.
Goethe in der Campagna.
Tischbeins Bild ist mir im Kopf.

Ich habe mich in der Nacht genauer
informiert. Mit Hilfe des Internets. Es hat
mich sehr verwirrt. Und zum erstenmal
bereute ich, keinen Stadtplan von Rom in der
Hand zu halten.
Hatte ich es mir doch zu einfach vorgestellt,
mich auf digitalen Karten zu informieren.
Es fängt ja schon damit an, dass ich mein
Tablet nicht einfach auf den Kopf stellen
kann, ohne dass das Bild mitläuft.
Ach, wie wohltuend ein faltbarer Stadtplan
sein kann. Ich hätte es niemals für möglich
gehalten, dass ich ihn jemals vermissen
würde.
Immerhin fand ich heraus, auf welche Art
und Weise ich am besten in das Zentrum
komme.
Mit dem Taxi ist es die bequemste Art. Und
da der Flug preiswert war, habe ich mich für
das Taxi entschieden. Auch des Gepäcks
wegen.

Ob es doch ein Fehler war, auf das Auto zu verzichten?

Einen Mietwagen zu nehmen, werde ich mir wohl nicht zutrauen.

Wie es aussieht, gibt es in Rom viele öffentliche Verkehrsmittel. Es wird schon klappen.

In einem Hotel ganz in der Nähe des Trevi Brunnens, habe ich eine Übernachtung gebucht. Sollte es mir gut gefallen, kann ich verlängern.

Es ist sehr schlicht. Und von meinem Traum weit entfernt.

Es gibt kein rotes Sofa. Es gibt eine karge Möblierung und keine Bar.

Dafür gehört das Frühstück dazu.

Alle Lampen sind hell. Die Zimmer auch. Mal abwarten.

Ich mache mich frisch. Und rufe Felix an.

Er meldet sich nicht.

Die Luft ist angenehm warm. Ich kann ohne Jacke gehen.

50m breit ist der Trevi Brunnen und 26m hoch.

Das barocke Bauwerk steht am Ende des Aquädukts Aqua Vergine, welches das antike Rom mit Wasser versorgt hat.

Der Brunnen im Stadtteil Trevi sieht aus wie eine Bühne.

Die Südfassade des Palazzo Poli wird durch den Brunnen ersetzt.

Auf den Treppenstufen, die hinunter zu ihm führen, stehen viele Touristen, die fotografieren und bestaunen, wie ich.

Den Travertin, und den weißen Marmor aus Carrara.

Die vielen barocken Figuren. Neptun der Meeresgott in der Mitte.

Was für Bilder.

Ich stelle mir die Filmszenen vor.

Anita Eckberg und Marcello Mastroianni.

La Dolce Vita.

Bei Wikipedia las ich:

Ein Volksglaube sagt, dass es Glück bringe, Münzen über die Schulter in den Brunnen zu werfen. Eine Münze führe zu einer sicheren Rückkehr nach Rom, zwei Münzen dazu, dass der Werfende sich in einen Römer oder eine Römerin verliebe, drei Münzen würden zu einer Heirat mit der entsprechenden Person führen. Ursprünglich gab es den Brauch, einen Schluck aus dem Brunnen zu trinken, um wieder nach Rom zurückzukehren.

Ich entschließe mich zwei Münzen zu werfen. Denn die Münzen werden der Caritas gespendet. Nur deswegen :-)

Gegenüber des Brunnens sieht man eine Kirche mit Säulen.
Viele Geschäftslokale.

Zeit für einen Espresso.

Und den Blick auf die Möwe.
Wie stolz sie da steht. Sie hat die Menschen im Blick.
Und weiß, was sie will.

Ich sehe sie an. Und weiß auch, was ich will. Ich will auf keinen Fall zur Sehenswürdigkeitsjägerin werden.
Abseits des Lauten das Leise wahrnehmen.

Ob das schwierig ist?
Ich sehe noch einmal den Brunnen an. Die Säulen der Kirche.

Ich muss einen Stadtplan von Rom kaufen. Das scheint mir das Wichtigste.

35

Ich wollte den Weg entlang des Tibers nehmen.

Die engen Gassen ringsum zu durchwandern, das wäre eine Sache für sich.

Heute war der Friedhof dran.

Es war ein ganzes Ende bis dorthin, dessen war ich mir wohl bewusst.

Auch, dass das Laufen in einer Stadt etwas ganz anderes war und sehr viel anstrengender sein würde als auf freiem Feld, auf Wanderwegen.

Aber egal.

Auf dem Rückweg konnte ich immer noch die Stadtbahn oder den Bus nehmen, die wollten schließlich auch einmal erkundet sein.

In diesem Sinne - los! Und forsch voran.

Unter den Platanen geht es sich gut, lässt sich gut gehen. Ich bin ganz hibbelig vor guter Laune. Die Sonne lächelt bescheiden.

Der Tiber ist ein hübsches Flüsschen, mit Binseninseln darin, also wirklich, das hätte ich gar nicht gedacht.

Mal lief ich unten am Fluss, wenn es sich machen ließ, mal oben unter den Bäumen. Da war aber viel Verkehr, der Fußweg war

schmal und voller Menschen. Das störte mich aber nicht. Im Gegenteil. Ich genoss.
Auf dem Ponte Fabricio machte ich Halt.

Schön und alt.
Ich stelle mich zu den Janusköpfigen und streichele sie.
Ganz verwaschen sind sie.
Nun ja. Wenn das jeder so macht ...

Die Via Marmorata ist anstrengend.
Ich versuche auszuweichen, und verirre mich in ein Gewerbegebiet.
So entgeht mir die Pyramide des Caio Cestio, dafür begegnen mir die Altmetall-lagerstätten der Via Paolo Caselli. Ganze Container rosten dort nostalgisch ihrer weiteren Verwertung entgegen.

Mauern gibt es viele in Rom. Mein ganzer Weg war von Mauern begleitet. Mauern in allen erdenklichen Farben.
Eine Mauer umgibt auch den Acattolico.
Doch ich sehe mich unvermittelt vor einem kleinen Tordurchgang, efeuumrankt.
Einladend.
Da sind Schilder angebracht.

Ich vergewissere mich.
Ich bin an der richtigen Stelle.
Ich trete ein.

Es ist der alte Teil des Friedhofs.
Zypressen bestimmen das Bild. Zypressen zweierlei Form. Die hochstrebenden, spitz zulaufenden, und die anderen, die ein geschwungenes Dach bilden. Gegensätze.
Judasbäume, verblüht. Eine weite Wiese mit Margeriten, die noch immer blühen.
Ich wende mich nach links. Dort wird Keats Grab sein.
Gestern Abend, beim Essen, und danach noch, habe ich den Lageplan des Friedhofs studiert, habe Severns Briefe gelesen, des treuen Freundes, der nun neben ihm liegt.
'Oh! Ich kann die kalte Erde auf mir fühlen, wie die Maßliebchen über mir wachsen ...'
Nein, Maßliebchen wachsen nicht auf seinem Grab. Aber vielleicht ist es einmal so gewesen, und dann sind sie hinaus-gewandert auf die Wiese. Die ist so weiß, so schön, so rein wie ein Leichentuch ...

Nein. Die Wiese grünt und blüht. So soll es auch sein.

Es ist kein Gott, aber es ist Schönheit in der Welt.

Die haben sie alle gesucht. Die suche ich. Darum bin ich hier.

'Dichter sind die nicht anerkannten Gesetzgeber der Welt.'

Shelleys berühmter Schlusssatz aus seiner 'Verteidigung der Poesie'.

Das sind die Gesetze, an die sich niemand hält. Die Dichter am allerwenigsten.

Shelley ...

der Worte zu finden wusste, die waren wie der Sturm über dem Meer.

Shelley ...

der liegt dort drüben, im anderen Teil des Friedhofs, dort, wo die Gräber dicht an dicht stehen.

Shelley ...

eigentlich hätte man ihn und den Goethe nebeneinander beerdigen sollen, das wäre es doch gewesen.

Na, immerhin liegt der August hier begraben. In Rom, kurz bevor er an den Pocken starb, hatte er noch den Sohn von Lotte kennengelernt.

Das sind Schicksale. Und ironische Wendungen, die ich zu schätzen weiß.

So, durch das Mäuerchen noch …

Da ist ein Grab. Da steht eine Bank. Da setze
ich mich hin.
Romeo. 2006 ist er gestorben.
Romeo. Ein guter Name für einen Kater.
Ja. Der war bestimmt auch kein Katholik.

36

Ich fühle mich erschöpft. Das fängt ja gut an. Mit dem Stadtplan in der Hand sitze ich auf einem übriggebliebenen Mäuerchen.
Ich bin schon eine Weile gelaufen.
Meine Augen wissen schon gar nicht mehr wohin.
Zum Glück ist es nicht mehr weit. Zur schönsten Piazza der Stadt.
Die Piazza Navona im Licht der Sonne.
Wie ein antikes Stadion sieht sie aus.
Was für ein Treiben. Viele Kinder stehen am Vierströmebrunnen. Sehr beeindruckend schaut er ja auch aus.
Künstler stehen da mit ihren Staffeleien.
Rom. Die ewige Stadt.
Auf hunderten von Gemälden ist sie zu sehen.
Ein Jongleur hat es mir angetan. Ich reihe mich ein in die Schar seiner Bewunderer.
Er arbeitet mit Reifen. Bunte Hula-Hoop Reifen.
So etwas kann ich mir immer ansehen. Fantastisch.
Und die fliegenden Händler.
Aber auch Bettler sind zu sehen.
Ich nähere mich einem Stand. Und da liegt etwas. Das hat es mir sofort angetan.

Es ist ein kleines Kästchen aus Holz. Reich verziert mit Perlen.

Darauf liegt eine Sonnenbrosche. Eine bronzene Sonne mit einem Türkis in der Mitte.

Umrahmt von wunderschönen Strahlen aus Murano Glas.

Der Händler, der etwas heruntergekommen aussieht, beobachtet mich.

Ich frage ihn, ob ich mir die Brosche näher ansehen kann. Ich deute auf sie, und er versteht mich.

Prego. Er gibt mir die Brosche in die Hand.

Sie ist wunderschön.

Quanto costa? Frage ich.

Costa la bellezza di 39 Euro. Er zeigt auf ein Preisschild auf seinem Tisch.

Gekauft.

Bestimmt ist es kein Türkis. Und das Glas nicht aus Murano.

Aaaaber. Es ist wunderschön.

Er möchte mir die Brosche anheften.

Ja, bitte, sage ich.

Er gibt mir das kleine Kästchen. Lacht und verbeugt sich.

Auf Wiedersehen. Gute Reise. Sagt er auf deutsch.

Ich lache zurück. Ich bin kein bisschen mehr müde.

Wie schön es hier ist. Und nun werde ich einen Espresso trinken.
Und dem bunten Treiben zusehen.
Was für ein tolles Licht auf die alte Kirche fällt.
Wieviel Kirchen mag es hier geben?
Und die Palazzi. Was für ein Rot. Wie in Feuer getaucht.

37

Katzen.
Erst eine, dann eine zweite.
Sie setzen sich zu mir hin.
Haben neben mir Aufstellung bezogen.
In ihrer Haltung liegt etwas feierliches.
Es ist gerade so, als ob sie mir etwas mitzuteilen hätten.
Ob es seine Nachkommen sind? Romeos?
Es sollte mich nicht wundern.
Eine weitere Gestalt nähert sich.
Katzengleich.
Eine alte Signora.
Eine sehr alte Signora.
Eine Dame.
Zweifellos.
Ich rücke zur Seite um ihr Platz zu machen.
Meine Hand, ganz ohne es zu wollen, vollführt eine einladende Geste, so, als ob es eine Selbstverständlichkeit wäre, dass sie sich zu mir setzen würde.
Es ist so.
Sie nickt mir zu.
Vielen Dank, junger Mann, sagt sie, und nimmt Platz.
Sie hat deutsch gesprochen.
Junger Mann ...
Nun ja - in ihren Augen ...

Sie hat lachende Augen.

Das sind Augen, die nur Menschen haben, die, gleichgültig was sie erlebten, was ihnen widerfuhr, das Leben lieben in allen Facetten, die sich in einem Moment ganz fürchterlich über die geringste Kleinigkeit ereifern können, nur um im nächsten Augenblick in ein glockenhelles Gelächter auszubrechen.

Ihre Augen sprechen aus einem schönen alten Gesicht.

Ich schätzte sie auf Mitte achtzig und spürte doch instinktiv, dass ich gut und gerne zehn Jahre zulegen sollte.

Sie war so eine.

Auch in ihrem Gang hatte ich das wahrgenommen. Noch immer die Lust an der Bewegung. Und doch eine Müdigkeit, die ganz natürlich kommt, wenn der Körper sich doch eigentlich nach Ruhe sehnt, nach Ruhe, endlich, nichts als Ruhe.

Doch der Kopf! Der wehrt sich dagegen. Und wie er sich wehrt. Und schuftet noch immer, und aus Leidenschaft.

Solche Menschen gibt es. Solche seltenen Menschen.

Sie war so einer.

Wie sie es hat wissen können, dass ich ein Deutscher bin, frage ich.

An meiner Art das Grab zu betrachten, meiner Nachdenklichkeit.

Ich schweige. Zu verblüfft um etwas zu sagen.

Er ist alt geworden, fügt sie hinzu, als ob es einen Grund gäbe, mich darüber beruhigen zu müssen, alt und geehrt. Das geschieht den wenigsten, gleich ob Mensch oder Tier.

Sie hat wohl mehr zu sich selbst gesprochen.

Ich frage sie, ob sie sich um die Katzen kümmert.

Früher einmal, erfahre ich. Jetzt sollen das die Jüngeren machen. Sie kommt aber immer noch gerne hierher.

Sie stellt mir die beiden Katzen vor. Eine kleine Schwarzweiße, die Miriam heißt, und ein großer Graugetigerter, Rafaelo.

So haben sie also alle einen Namen.

Freilich.

Nun endlich frage ich sie auch, warum sie so fließend Deutsch spricht.

Und erfahre, dass sie österreichischer Abstammung ist, wenngleich in Rom geboren.

Ihre Eltern betrieben ein Albergo, in Rione, in der Nähe des Vatikan.

Ich erfahre, dass sie Kunst studierte und lange Jahre als Fremdenführerin gearbeitet hat.

Ich erfahre, dass sie immer in Rom gelebt hat. Eine waschechte Römerin also.

Und erzähle schließlich auch von mir, von den Gründen meines Hierseins.

Magnifico, sagte sie, das gefällt mir. Und von nun an werden wir Italienisch sprechen.

Sie werden sehen, sie werden sehen ...

Na, da bin ich mal gespannt. Erhebe aber keine Einwände.

Kommen sie, ich führe sie noch durch diesen Teil des Friedhofs, dann kommen wir auch an der Direcione vorüber, wo sie eine Spende für die Katzen hinterlassen, und danach dürfen sie mich nach Hause begleiten.

Ich erhebe noch immer keine Einwände.

Ihr Name ist Antonia Cafaro. Sie wohnt in Trastevere, gleich gegenüber, auf der anderen Seite des Flusses. Sie ist fünfundneunzig Jahre alt.

38

Da hab ich mich schon in etwas verguckt.
Über den Ponte Garibaldi habe ich den Tiber überquert, und bin in Trastevere angekommen. Den Stadtteil Roms, den die Künstler mögen, und die Jugend.
Als wäre Rom hier ein anderes Rom. Dörflicher wirkt es auf mich.
Enge Gassen mit Kopfsteinpflaster. Über einer Gasse hängt Wäsche an Wäscheleinen.
Dort läuft mir eine Katze nach. Wenn ich mich umsehe, miaut sie.
Das ist schön. Vor einem Haus mit Hotel bleibt sie stehen.
Als hätte sie mich hingelotst.
Es ist einfaches Hotel mit einer Dachterrasse.
Die wird wunderschön sein.
Dort kann man frühstücken und auf die Dächer Trasteveres schauen.
Ich überlege, mir ein paar Nächte dort zu buchen.
In die Kirche werde ich gehen. Sie steht da, und ist schön. Schön, schon von außen.
Wie wird sie innen aussehen. Das werde ich dann wissen.
Nicht heute. Irgendwann, wenn mir danach ist.

Es wird noch viele Tage geben. Ich muss nicht alles auf einmal schaffen. Wie ein Tourist mit knapper Zeit.

Ein kleiner Lebensmittelladen ganz in der Nähe hat es mir angetan.

Eine alte Dame ist für die Kasse verantwortlich. Vielleicht gehört ihr das Lädchen.

Dort gibt es Schinken aller Art. Käse und frisches Brot. Wein fehlt auch nicht.

Hier werde ich öfter verkehren. Allein des Schinkens wegen. Der ist eine Wissenschaft für sich. Eine große Tüte mit Schinken, Käse und Paninis, darf neben dem kleinen Holzkästchen in meiner Tasche Platz nehmen.

Um zurück in mein Hotel zu kommen, werde ich die Bahn nehmen.

Fontana di Trevi wird von einigen Bahnen angesteuert.

Aber ein Weilchen bleibe ich noch hier. Ich werde zurück an den Tiber gehen. Mir ein Plätzchen suchen und mir den Tag nochmals abrufen.

Wie hab ich mir Rom vorgestellt?

Die Stadt des Altertums. Mit Sehenswürdigkeiten ohne Ende.

Sonne, Glanz, Ehrwürdigkeit. In Stein geschlagene Geschichte.

Das Beste ist ja, dass gerade ich mir diese stummen Zeugen anschaue.

Ich, die sich in der Schule für Geschichte nie interessierte.

Notgedrungen, der Noten wegen, Jahreszahlen mir merkte.

Die ich aber längst vergessen habe. Die meisten jedenfalls.

Das macht nichts. Ich bin ein Mensch, der ohne Hintergrundwissen sich begeistern kann. Wenn eine Statue schön ist, ist es mir zunächst mal gleich, wen sie darstellt.

Es gibt ja Menschen, die alles in den geschichtlichen Kontext stellen.

Die Schönheit wird verdammt, weil es soviel Armut gibt.

Die schönen Kirchen werden verdammt, weil es in ihnen soviel Reichtum gibt.

Warum spenden sie das Geld nicht für arme Leute? Ganz einfach.

Weil die Christen möchten, dass ihr Herrgott ein würdiges Zuhause auf Erden hat.

Und es sind nicht wenige, die dafür Geld spenden, das sie sich vom Mund absparen.

Wenn mir etwas gefällt, gefällt es mir.

Selbst wenn mich eine kluge Person aufklärt, wieviel Makel daran haftet.

Soll sie doch den Makel sehen. Ich sehe das Schöne.

Rom sehen. Ich werde Ewigkeiten dafür brauchen.

Und ich freue mich auf stille Orte. Zum Nachdenken.

Über mich.

Ob ich mir in Italien und speziell in Rom anders begegne?

39

Gedanken denken sich.
Ob ich sie nun suche oder nicht.

Trastevere gefällt mir mächtig gut. Es erinnert so gar nicht an eine moderne Großstadt.
Es findet sich vielmehr ein Hauch von - nein, ganz sicher nicht des Mittelalters - aber der Zeit der Romantik, das schon.
Und romantisch ist es über die Maßen. Da verstecken sich Geheimnisse in jedem Winkel, in jeder Gasse, um welche Ecke man auch biegt. Im Geruch der alten Häuser, aus dem Kopfsteinpflaster steigen Geschichten, Märchen auf.

Ich hatte die Signora Carafa artig nach Hause geleitet.
Wir waren mit dem Bus gefahren. Ein Erleben für sich.

Nun aber werde ich das Quartier auf meine Art zu durchstreifen beginnen.
Ich weiß auch schon wie: Ziellos. Ungezügelt. Die Zeit missachtend. Eintauchen.

Untertauchen. Dann das Gefühl des völligen Losgelöstseins auskosten. Wie einer, der das Ertrinken hinter sich hat. Der nun als Fisch unter Fischen schwimmt.

So lautet das Programm.

Ich kenne es. Weil ich mich kenne. Weil ich in einem Zustand der Trunkenheit bin.

Es ist alles zu schnell gegangen.

Auch wenn ich mir ausreichend Zeit genommen hatte mich in Italien zu akklimatisieren, Rom, das muss ich nun erkennen, ist doch eine ganz eigene Sache.

Der Atem Roms.

Geheimnisvoll.

Ein Kuss.

Einer auf Zeit.

Wenn man es aus der Sicht der Zeit betrachtet.

Wollte man es aus der Sicht der Zeit betrachten, wäre es nicht mehr als ein flüchtiges Geschehen, eine einstudierte Geste, etwas Standardisiertes, nebenbei Dahingehauchtes, alltäglich tausendfach gewährt.

Selbst wenn man die Stadt ursächlich nimmt, diese Stadt, die man nicht umsonst die Ewige nennt, ein Geringes nur.

Aus Sicht des Menschen - aus meiner Sicht - ein einschneidendes Ereignis.
Ein Zeitereignis.

Ich mache mich auf den Weg.

Meinen Ausgangspunkt bildete die Piazza Sant'Egidio, wo die Signora wohnte.

Ich sehe mich um.

Wie in einer Kleinstadt ist es hier. Eine Kleinstadt, der es nicht so gar gut geht.
Weil es aber eine südliche Kleinstadt ist, kommt es nicht so darauf an. Das Licht und die Farben machen alles wett.
Und die Düfte!
Aus den Mauerritzen atmen Alter und Verfall, es riecht nach Küche und verstopfter Klospülung.
Da stehen Bäume auf der Gasse, die wachsen aus dem Pflaster auf. Direkt aus dem Pflaster.
Und ganz nah an den Häusern. Es ist ja auch nicht viel Platz. Oben, über der Gasse, finden die Kronen der sich gegenüberstehenden Bäume zusammen. Ein Schattendach.

Ich biege in die nächste Gasse, obwohl sie sich eine Straße nennt. Die Via della Paglia.
Es gibt aber auch Gassen, die sich Gassen nennen. Vicolo del Piede.
Sie sind gleichermaßen verführerisch.

Ich tauche ein.

40

Heute beschließe ich einen Ruhetag einzulegen.

Es ist doch unsinnig, wenn man zu viel auf einmal will.

Ich möchte genießerisch sein. Schwelgen.

Die Schönheiten einsaugen und schmecken. Und nicht Hopplahopp.

Und lesen werde ich. Falls ich dazu komme.

Ich hab übrigens in einem Buch von Giorgio de Chirico gelesen, dass es in Ferrara unglaublich viele verrückte Menschen gibt. Das hat mir gut gefallen. In erster Linie Künstler.

Die voll am Rad drehen und lustige Sachen veranstalten. Angeblich liegt es am Hanf, den man dort anbaut. Sagt jedenfalls Professor Tambroni.

Achille Funi, ein Maler auf der Suche nach vollkommener Schönheit sagt zum Beispiel, das Prinzip der guten Malerei ist die Tempera. Die Emulsion als Grundlage.

Niemals die Ölmalerei. Er nennt die Ölmalerei die leichteste und geheimnisloseste Malerei.

Es muss Wasser in der Farbe sein. Ohne Wasser keine Schönheit.

Also kann Ölmalerei nie eine Schönheit sein.
Weil sie aus trockener Farbe besteht.
Na, bitte. Mit diesem Wissen werde ich
Bilder anders betrachten.
Ich komme nur deshalb darauf, weil es in
Rom unzählig viele Bilder gibt.
Aber ehrlich gesagt, es ist mir auch im
Gedächtnis, weil Funi eine Marotte hat, die
mir richtig gut gefällt.
Sitzt er mit Freunden im Café oder sonstwo,
kommt es vor, dass er plötzlich mit der Faust
auf den Tisch schlägt um entgeistert, aber
laut schreiend kundzutun:
"Und doch wäre ich gerne ein Löwe!" Einfach
Hammer!
Ihn hätte ich gerne kennengelernt.
Dabei war auch de Chirico ein Mensch mit
vielen Spleenen. Um es mal nett aus-
zudrücken.
Er hat Texte unter anderem Namen verfasst,
um darin über sich zu schreiben, und lobte
sich dann über den grünen Klee.
Das finde ich, ist keine schlechte Idee.
Darüber sollte ich mal nachdenken.
Also.
Ich werde heute den leiblichen Genüssen
huldigen. Und vorzugsweise Cappuccino,
Espresso und Aperitivo zu mir nehmen.

Eine sehr leckere Pizza essen. Und Lambrusco trinken.

Und zwischendurch werde ich auf Bänken und Treppenstufen sitzen.

Und Leute beobachten.

Und es wird herrlich sein.

Die Piazza di Spagna scheint mir ein guter Ort.

Die Spanische Treppe. Auf ihren Stufen werde ich sitzen und hoffentlich nette Menschen treffen.

Und dann: kommt mein ömmeliges Italienisch zum Zuge.

Mit Wörterbuch muss es klappen.

Und zur Not reicht auch lachen.

Da bin ich mir sicher.

41

Sternbalds Einzug in Rom.

Ein Lichterfest hätte es werden können. Gefeiert als die Erfüllung eines Traumes.

Er hat es hingenommen wie die Ankunft in einer beliebigen Stadt.

Ich hätte es ihm beinahe übel genommen. Habe mich dann aber doch gemäßigt.

Wie Sternbald selbst sich mäßigte, an sich selber Maß nahm im Anblick des Jüngsten Gerichtes.

Rom sehen und sterben?

Was für eine Übersteigerung. Das sollte nicht sein.

Das wäre ebenso unmäßig wie die Annahme, dass es diese eine einzige Erfüllung geben sollte. Denn dies würde doch einen Abschluss bedeuten, ein Ende, in welcher Weise auch immer.

Nein, unsere Hinwendung darf nicht auf einen einzigen Punkt, diesen einen Moment der Erfüllung gerichtet sein, unser Ziel sollte ein Ausfüllen, ein beständiges Auffüllen des Lebens sein, ähnlich wie es der Maler tut, der immer wieder zum Pinsel greift, er kann gar nicht anders, als das Bild des Lebens immer von neuem entstehen zu lasen.

So heißt es Rom zu erleben.

Den Garten zu suchen, den Sternbald fand, dort einzutreten, hinzutreten unter die Laube.

Und von fern ein Waldhorn spielen hören.

Es kann geschehen.

Es kann zwar überall geschehen, doch nirgendwo wie hier, hier oben auf der schönen Terrasse, wo ich rauche, meinen Kaffee trinke.

Mein Blick wird sich verschleiert haben, wie es oft geschieht, wenn man die Augen in die Weite richtet.

Mein Blick geht, zieht aus, dreht Kreise über der Stadt, kehrt zurück mit immer neuen Bildern, die er mir zur Bearbeitung über- reicht.

Sieh zu, was du damit anfangen kannst, sagt er mir.

Ich könnte fast glauben, eine Gleichgültigkeit zu spüren.

Aber so ist es nicht. Gleichgültig sind selbst meine Augen nicht, obwohl sie doch nur Instrumente des Sehens sind.

Da sollte ich mich aber nicht täuschen, täuschen lassen, oder mir selbst etwas vorgaukeln wollen.

Da ich doch eine Einheit bin, ein einheitliches Wesen, eine Konföderation der Sinne.

Noch nie habe ich es dermaßen empfunden. Im Übermaß des Staunens, des Vergewisserns.

Ja: ich bin hier!

Dieses Hier. Dieses Zelebrieren eines Morgens. Denn das ist es. Das koste ich aus.

Es ist jeden Morgen so, seitdem ich hier bin. Und seitdem ich hier bin, gibt es keine Vergangenheit mehr. Die habe ich vor den Toren Roms abgestreift wie auf einer großen Fußmatte des Vergessens.

Es gibt auch keine Zukunft, die über den heutigen Tag hinausgeht. Vielleicht, dass ich mir am Abend, während des Essens, oder danach, einige Gedanken über den Folgetag mache, das ist es dann aber auch.

Wenn ich wüsste, dass an einem bestimmten Tag in sechs Monaten ein Komet einschlagen und das Leben auf der Erde, ja den ganzen Planeten auslöschen wird, es wäre mir gleichgültig. Es erschiene mir ausreichend, wenn ich zwei Tage vorher damit beginnen würde meine Gedanken zu ordnen.

Doch entspringt dies wohl eher einer persönlichen Veranlagung als dem Umstand, dass ich mich in Rom befinde.

Andererseits begünstigt die Stadt meine Einstellung, was mich wiederum ihr gegenüber begeisterungsfähiger werden lässt.

Ich glaube gar, wir mögen uns.

Ein akuter Ausbruch von Empathie.

Ich lasse meine Blicke schweifend eindringen in das verschlungene Gefüge der Stadt.

Meine Zuneigung gilt sogar den frommen polnischen Pilgerinnen, die ich soeben dem Petersplatz sich nähern sehe.

Doch ich will ihnen nicht zu nahe treten.

Nein. Das will ich ganz bestimmt nicht. Ich rauche lieber noch eine Zigarette.

42

Sitze hier und würde gerne auf der Stelle ein Liebesgedicht schreiben.

Eins zum Hineinfallenlassen, ein Wühlendes, eins, das schmeckt nach allem wonach Liebe schmeckt.

Wonach sie schmeckt. Ich sitze auf der Treppe. Und spüre mich.

Fühle dieses Wohlgefühl.

Von hinten den Rücken hoch. In Wolken, die meinen Blick verschleiern und mich am liebsten mitnehmen würden.

Diese Wärme, die auf dem Weg zur Hitze ist. Wie in Romanen, die Hitze zum Vorwand nehmen, obszöne Sachen zu beschreiben.

Die Gier auf das Höchste zu Erlebende, die Entjungferung deines Selbst.

Inmitten der Suchenden sich auszuziehen.

Noch einmal alles von vorn.

Wie ich dich aufsaugen möchte. Ein Säugling an der Mutterbrust.

Ich bin hier und bereit für den Neubeginn.

Nie war ich mir sicherer.

Ich werde bleiben. In Italien.

Und sei es auch nur eine begrenzte Zeit.

Ich kenne mich. Meine Unberechenbarkeit.

Dieses mir selbst Vorgaukeln.

Es spielt keine Rolle. Ich muss mir nachgeben.

Ich werde schon wissen, mir zu verzeihen, sollte ich irgendwann umschwenken.

Ich lebe jetzt, und für diesen Augenblick ist jede Entscheidung richtig.

Alles was mich bisher vielleicht zaudern ließ, ist weg.

Das Hotel in Trastevere ist momentan vergessen.

Ich habe ein Hotel hier in der Nähe entdeckt, und einen guten Preis aushandeln können.

Weil ich länger bleiben möchte.

Oben auf der Spanischen Treppe gelegen, Piazza di Spagna.

Es gibt eine Panoramaterrasse mit herrlichem Blick auf die Stadt.

Italien ist Rom. Giovanni aus Cremona hatte Recht.

Hier ist ein anderes Italien. Hier sind die Wurzeln alt und kräftig. Bis in die Neuzeit.

Ohne den Halt zu verlieren.

Hier stützen sich sämtliche Säulen des Altertums gegenseitig.

Die Sonne weiß um ihre Aufgabe. Ihr Licht ist geräumiger.

Einfallslos kann es niemals sein. Es gibt zu
viel darin umherzugehen.
Die Farbanstriche der Palazzi bedürfen
besonderer FarbPaletten.

Der Brunnen vor der Treppe sieht aus wie
ein Kahn.
Die Fontana della Bacaccia.
Oben die Kirche der heiligen Dreifaltigkeit.
Trinità dei Monti.
Eine der bekanntesten Freitreppen der Welt
mit 138 Stufen.
Ringsum kann man die Luft verstorbener
Künstler atmen.
Keats und Shelley teilen sie sich mit Gucci.

Ich atme tief durch.

43

L'Angolo Divino.

Nein, um einen göttlichen Engel handelt es sich keinesfalls.

Das sage ich gleich vorsichtshalber. Und vorneweg. Falls jemand auf die abenteuerliche Idee kommen sollte.

Es ist ein göttliches Eck. Und das ist es ganz sicher.

Doch immerhin könnte dich ums Eck ein Engel anfallen, es wunderte mich nicht.

Ich gehe allerdings nicht dorthin um Engel zu suchen.

Ich gehe dorthin um mich wohl zu fühlen und Nachdenkungen zu betreiben.

Das Angolo Divino ist eine Weinstube.

Man beachte bitte auch den Doppelsinn: di vino ...

Denn der Besitzer ist ein Schelm. Sein Name ist Massimo.

Zu essen bekommt man auch bei ihm.

Das Beste findet sich abseits der großen Plätze. Abseits der Prachtstraßen. Abseits der Menschenströme.

Es sollte kein Geheimnis sein.

Und ist es doch. Und bleibt.
Glücklicherweise.
Sonst hätte ich um meinen Lieblingsplatz zu fürchten.
Der ist draußen natürlich, im Freien. Dort kann ich rauchen.
Im Hinterhof. Unter den Bäumen.
In den Bäumen hängen einige nackte Glühbirnen.
Die gerade genug Licht zum Lesen spenden.

Ich lese in Michelangelos Dichtungen.
Wie qualvoll erscheint er mir.
Wie ausweglos erscheint ihm das Leben. Wie ist er einsam und verlassen.
Wie ein Schiff, das einen Hafen sucht.
Dem jeder Hafen recht kommen muss, will es nicht stranden, zerschellen.
Und zerschellen wird es schließlich doch, inmitten der Hafeneinfahrt.
Oder es wird, kaum dass es an der Mole festmachte, doch noch vom Sturm gepackt und zertrümmert.

Ich versuche mir vorzustellen, wie es sich angefühlt haben muss.

Mit den Mächtigen umzugehen, wohl-
wissend, dass man ihnen ausgeliefert ist.
Keinen anderen Weg gehen zu können.
Denn wenn er schaffen wollte, und er wollte,
und er musste schaffen, alles drängte ihn
dazu, dann stand ihm keine andere
Möglichkeit offen.

Ich kann es mir nicht vorstellen.
Für mich führt kein Weg dorthin.
Außer in seinen Worten.
Nur dort konnte er er selbst sein. Nicht in
seinen großen Werken. Dort meine ich ihn,
ihn als Menschen, trotz aller künstlerischen
Größe und Vollkommenheit, nur ansatz-
weise aufspüren zu können. Dann etwa,
wenn er seiner Aufmüpfigkeit einen
versteckten Ausdruck gab. Wie in seinem
Selbstportrait im Jüngsten Gericht.
Und schließlich wären da noch seine Zeich-
nungen.
Ja, in ihnen kommt man ihm näher.
Näher aber noch, viel näher, ganz nahe heran
kommt man ihm in seinen Worten.
Und daran sieht man doch, wie mächtig
Worte sein können. Wie in ihnen sich das
tiefste Innere nach außen kehrt. Wie
vollkommen, wie wahrhaftig.

Und mit welcher Kraft, welcher Wucht er sie von sich schleudert.
So viel Schmerz. Und so viel Liebe.
Aber die Liebe siegt. Das will ich mir jedenfalls einbilden.
Il tuo volto sereno ...

44

Auf dem Monte Pincio liegt die Villa Medici.

Was für ein schöner Blick über die Stadt.

Kein Wunder, dass dieser Ort so begehrt ist.

Und ich hebe mal eine Person hervor, die hier gelebt hat.

Es gibt natürlich viele bekannte Leute, die ich erwähnen könnte.

Aber, da ich versprach keinen Reiseführer zu schreiben, und kein wandelndes Lexikon zu sein, nenne ich stellvertretend Lucullus.

Genau. Und wer jetzt mitdenkt, weiß warum.

Er wusste zu leben. Zu genießen. Seine lukullischen Festmahle abzuhalten.

Und: er hat den 'Kalten Hund' erfunden.

Mmmmmhhh!

So, genug der GedankenSchlemmerei.

Obwohl, ich sollte später unbedingt etwas Leckeres essen.

Gleich neben der Villa der Park mit den vielen Büsten.

Über zweihundert wurden aufgestellt.

Berühmte Persönlichkeiten zeigen sie.

Viele bekannte Namen. Leonardo da Vinci und Thomas von Aquin, Dante und Galilei. Michelangelo und Verdi.

Leider gibt es hier Vandalismus. Viele Büsten
wurden beschädigt.
Sie zu restaurieren kostet viel Geld. Aber die
Stadt übernimmt die Kosten, sie will ihren
Bürgern diese Schönheit erhalten.

Der Wind
der in den Palmen spielt
den Duft der Pinien
zu mir trägt
den ich so liebe

Unter den Bäumen
im Hauch des Südens
still legt die Zeit
sich uns zu Füßen
die wir ermattet
im Grase ruhen
Stunden verstreichen
ohne Tun
es liegt ein Zauber
in unseren Herzen

Ich habe den schönsten Platz der Welt
gefunden.

Wohin ich auch schaue.
wohin ich mich wende
ich wünsch mir
den Tag ohne Ende
bis hinter den
Sonnenuntergang

Ein wenig noch weitergehen. Genießen.
Staunen.

Da steht die Wasseruhr an der Viale dei
Bambini.
Das technische Meisterwerk wurde 1867 auf
der Pariser Weltausstellung gezeigt und
verblüffte die Besucher mit ihren Zeigern,
die präzise auf Wasserdruck reagieren.
Ein wahres Wunderwerk, von einem Pater
konstruiert.

Ich werde wiederkommen. Ich möchte
Pinienzapfen suchen.

Ich möchte das unendliche Farbenmeer
sehen.
Bevor die Sonne untergeht, und ihr Glast sich
niederlegt auf die Stadt.

Paolo Conte möchte ich hören. Via Con Me Zucchero. Così Celeste. Diamante. Il Volo. Immer wieder.

Ich werde nach Hause gehen.
In das Hotel.
Dort höre ich mir die Lieder an.

Vorher eine Kleinigkeit essen. Es gibt genügend Restaurants.

Schade. Dass ich niemand zum Sprechen habe. Ich bin so voller Glück.
Es wäre so schön, wenn ich es teilen könnte.

Ob ich Felix anrufen soll?

45

Die Stadt. Diese Stadt. Dieses Universum.

Ich drehe mich weiter im Kreis. Ich führe Kreisbewegungen aus.

Die sich spiralig ausdehnen.

Auf den Wellen, die diese Spirale schlägt, hüpfe ich entlang. Ja, wahrhaftig, so kommt es mir vor.

Die Mitte, der Ausgangspunkt, ist mein Hotel. Und dann geht es los.

Die Spirale ist beweglich. Das heißt, es kann mal in diese, mal in jene Richtung ausschlagen.

Kleinigkeiten führen meine Entscheidung herbei.

Ein strahlender Vormittag. Ich trete aus der Tür. Da ist ein Schatten. Dessen Ursache es zu ergründen heißt.

Eine Taube fliegt auf. Wohin?

Ein Geruch. Ein alter Mann, der am Stock geht. Eine schöne Frau. Zwei Priester, die geheimnisvoll tuscheln.

Ich folge dem ersten Impuls.

Es ist ein einziges Fest.

Oh ja! Das macht die Luft. Und das römische Licht.

Ich wandere von Impuls zu Impuls.

Verliere ich den einen, finde ich sogleich einen neuen.

Ich durchstöbere die Buchhandlungen. Ich lese mich fest. Verliere mich in den unzähligen Bildbänden über Rom, die Stadt, die Kunst, die Menschen.

Ich blättere in einem Buch über die Malerin Leonor Fini.

Ein Bild, ganz besonders, hält mich fest. *Due Donne*. Zwei junge Frauen.

Die eine kniet vor einer Tür, die quer im Bild steht.

Es scheint, als ob sie durch das Schlüsselloch späht.

Doch wozu? Es ist ja nur die Tür, die quer im Raum steht, keine Mauer, nichts.

Und wonach späht sie? Nach der Anderen?

Die ist eben vorübergegangen. Also dort, wo die, die durchs Schlüsselloch späht, sie hätte sehen können.

Wenn sie sie jetzt, in diesem Augenblick, wo ich auf das Bild sehe, sehen wollte, bräuchte sie nur aufzustehen.

Die andere geht links von ihr über die Wolken.

Wenn es Wolken sind. Sie sind ganz flach. Womöglich sind es ja Eisschollen.

Über die Eisschollen geht sie. Eine über-lange, überschlanke Gestalt in bordeauxroter Strumpfhose und einer Tunika in einem etwas dunkleren Rot.

Diese junge Frau ist so hoch wie die Tür.

Ihre Haare sind das auffälligste an ihr, ja vielleicht am ganzen Bild. Zumindest das, was als erstes ins Auge sticht.

Ihre Haare sind aufgetürmt, zu Locken geknotet wie ringelnde Schlangen.

Dazwischen brennende Kerzen stecken.

In der rechten Hand hält sie eine qualmende Zigarre.

Und?

Und - was?

Ach so - ja ...

Eine Erklärung vielleicht.

Aber nur vielleicht.

Ich bin mir fast sicher - sie ist die Tür.

Oder sollte sie am Ende gar der Schlüssel sein?

Der Tür und des Bildes?

Doch wie kommt der bordeauxrot eingefärbte Arm der Späherin zustande?

Und die Schleifspuren an der Tür.

Sollte sie etwa die andere ...

Oder die andere sie?

Oder?

Das gefällt mir.

Weil sich da noch ganz viele 'Oders' anhängen ließen.

So viele Fragen zu stellen. Und keine beantworten zu müssen.
Es in der Schwebe halten.
Und wer so malen kann, na bitte ...
Ich bin ganz verzückt.
Das Buch kaufe ich mir.
Und dann suche ich mir ein Café.
Gleich um die Ecke.
Oder vier Straßen weiter.
Wohin es mich treibt.

46

Es ist doch klar. Wo es einem gefällt, möchte man immer wieder hingehen.

Ich habe also beschlossen, den schönsten Platz der Welt auch heute aufzusuchen.

Gestern Abend war es noch wunderbar.

In einem nahegelegen Restaurant gibt es leckere Antipasti-Platten.

Dort bin ich nicht zum letzten Mal gewesen.

Die Bedienung war ausgesprochen freundlich, und ich hatte einen sehr netten Tischnachbarn.

Er war zwar ständig mit seinem Handy beschäftigt, doch in der übrigen Zeit war er so nett, mir von einer Museumsausstellung zu erzählen.

Wir haben festgestellt, dass es einen interessanten Berührungspunkt gibt.

Er mag Günther Uecker.

Er ist in Venedig im Museum vertreten, zusammen mit Enrico Castellani.

Da ich Uecker auch sehr mag, stand einer Konversation nichts im Wege.

Es war einfach lustig. Wir beide mit großen Gesten, die unbeholfenen Worte erklärend.

Hah! Ich hatte mein Wörterbuch dabei.

Wir sind aus dem Lachen nicht herausgekommen.

Er hat mich eingeladen. Zusammen mit ihm nach Venedig.
Das Museum besuchen. Seine Adresse und Telefonnummer hat er mir aufgeschrieben.
Er wohnt ganz in der Nähe.
Na, ja. Ich hätte schon Lust dazu. Mal sehen.
Felix hab ich beim letzten Anruf nichts davon erzählt.
Er sieht ja in allem einen Haken.
Völlig übertrieben.

Ich habe beschlossen mir ein Skizzenbuch zuzulegen.
Ich habe das Zeichnen wiederentdeckt.
Genauer gesagt, das Malen.
Wenn ich in den Park gehe, möchte ich mich inspirieren lassen.
Nur ein paar kleine Skizzen, Eindrücke.
Festhalten.
Später darin schwelgen.
Und das kann ich gut auf der Dachterrasse des Hotels.
Diese Farben. So wundervoll ist das Licht.

Darin baden
nur die Augen
wissen die Farben
sich einzuprägen
in meiner Brust

voller Aufruhr
bin ich
weil ich nicht weiß
sie zu mischen

Bin wieder in dem Park, der so duftet.
Eben hat mich ein Hund angestuppst.
Und die dazugehörige Dame hat ihn ent-
schuldigt.
Er war schön. Ein Wuschelhund.
Ich durfte ihm die Hand hinhalten.
Er hat sie kurz beschnuppert.

Es ist nicht viel eingetragen im Skizzen-
büchlein.
Es gab zu viel zu sehen.
Ich wusste vor lauter Begeisterung nicht,
was mir am wichtigsten war.
Aber dann doch.

Eine Pinie.
War mir wichtig. Sehr.
Und daneben ein winziger Tropfen
Harz.Verstrichen.
Dass die Seiten nicht zusammenkleben.
Wie lange der Duft wohl anhalten wird?

47

Ich bin noch immer unterwegs.
Noch immer ziehe ich Kreise, mich spiralig ausdehnend.
Ich ziehe weiter und entdecke einen Brunnen.
Rom ist die Stadt der Brunnen.
Aber ja doch. Aber sicher. Das ist sie.
Die Brunnen sind umlagert.
Ich habe sie schließlich doch besucht. Sie alle.
Sie sind belagert. Selbst jetzt, im Herbst, wo man meinen könnte, dass keine Saison mehr sei.
Doch für die Brunnen ist immer Saison.
Da stehen sie nun am Trevischen Brunnen, die Touristen, Reihen über Reihen.
Haben ihre Fotoapparate und Handys gezückt.
Und denken sich dort hinein.
Oder was denken sie?
Warum sind sie hier?
Warum bin ich hier?
Aus demselben Grund. Da brauche ich mir gar nichts vorzumachen.
Weil man einfach dort hinzugehen hat.
An diesen Brunnen.
Der ein schöner Brunnen ist, ohne Zweifel.

Und es gibt ja auch den Film.
Und die Liebe.
Ich habe keine Münze geworfen.
Nicht aus Überheblichkeit.
Ich hätte es getan, der Form halber, aber das Gedränge war mir zu groß.
Außerdem hatte ich zu diesem Zeitpunkt bereits meinen eigenen Brunnen gefunden.
Dem habe ich mich anvertraut.
Dem habe ich gesagt: ja, ich liebe diese Stadt.
Und - ja: in dieser Stadt könnte ich mich verlieben.
Es braucht aber keiner zu wissen, wo dieser Brunnen steht.

Doch von dem Park will ich erzählen.
Von diesem Park, der eine Kostbarkeit ist.
Kostbarkeiten aber gibt es nicht auf Bestellung.
Nein, wirklich, das ist einfach so.
Man darf nicht einmal im Traum daran denken.
Kostbarkeiten kommen immer ungerufen.

Ich hatte mich ausschweifen lassen, in eine bestimmte Richtung, doch ohne Ziel.
So gelangte ich auf die Piazza Santi Apostoli.

So sah ich mich vor dem Palazzo Colonna stehen.

Es war ein Restaurant, das mich stehen bleiben ließ.

Ich trat näher, die Karte zu studieren.

Da sah ich den offenen Eingang.

Der barocke Überschwang ist niemals meins gewesen.

Zuhause, wenn ich mich einmal in eine barocke Kirche verirrte, was selten genug vorkam, war ich abgeschreckt. Es wirkte kalt und gekünstelt. Die romanischen und gotischen Dome dagegen, ja, die liebte und liebe ich heiß und innig.

Hier in Rom hat sich das gewandelt.

Es liegt wohl daran, dass hier das Barocke bewohnt und gebraucht erscheint, belebt ist, voller Leben steckt, mitten im Leben steht.

Womit ich nicht diesen Palast meine, zumindest das, was man als Besucher zu sehen bekommt.

Das ist die Galleria Colonna.

Die liegt im Obergeschoss. Ein lang-gestreckter Saal.

Marmor, Gold, Deckenfresken, Bild an Bild an den Wänden.

Da kann jedes einzelne noch so schön sein, die Masse erstickt.

Ein Überquellen.

Es ist einfach übertrieben.

Ich fühle mich unwohl darin.

Wie gut, dass ich einen Ausgang finde. Den Weg hinaus in den Garten.

Eine steinerne Brücke überquert die kleine Straße unterhalb.

Vor mir ein Zypressenhain. Dazwischen Zitrus, Lorbeer und Magnolien stehen.

Eine grüne Oase inmitten der Mauern. Der alten Mauern der Stadt.

48

Die Seiten sind doch zusammengeklebt.
Ich habe sie vorsichtig getrennt.
Dieser Duft stieg mir erneut in die Nase.

Mir fallen Liebesbriefe ein. Die habe ich mir
aufbewahrt.
Über viele Jahrzehnte.
Die Briefe tragen ein Brandloch seiner Ziga-
rette.
Einen Wachsflecken seiner Kerze.
Einen Duftflecken seines Eau de Colognes.
Ach, ich weiß gar nicht, warum ich sie
aufbewahrt habe.
Irgendwie bin ich mein ganzes Leben lang
sentimental gewesen.
Jetzt sitze ich in Rom und rieche Kiefernharz.
Weil es auch eine Art der Liebe ist.

Auf der Dachterrasse des Hotels hab ich
einen Zuschauer gehabt.
Ein kleiner Junge sah mir beim Pinienmalen
zu. Und interessierte sich für die
Pinienzapfen.
Er fragte, ob er einen Zapfen malen dürfe. Er
könne das.
Und tatsächlich. Richtig super ist es geworden.

Er teilte seiner Mutter seine Beobachtung mit, die am Nebentisch saß, und sie verwickelte mich in ein Gespräch.

Die beiden sind Deutsche und kommen jedes Jahr nach Rom, weil die Oma des Jungen dort wohnt.

Sie ist die Mutter seines italienischen Vaters. Der lebt aber nicht mehr.

Die Oma, eine pfiffige, alte Dame, jedenfalls sah sie auf dem Bild so aus, welches die Mutter mir zeigte, lebt in einer winzigen Wohnung ganz in der Nähe der Piazza di Spagna.

Diese Dame hört mit Vorliebe eine viersätzige Sinfonie Ottorini Respighis / Pini di Roma, erzählte die Mutter des Jungen..

Dort geht es unter anderem um die Pinien der Villa Borghese.

Die steht im Park der östlichen Erweiterung des Pincio Hügels.

"Sie müssen sich die Musik unbedingt anhören", sagt die Mutter, "sie hören darin die Pinien rauschen.

Haben Sie nicht Lust mal mitzukommen?

Meine Schwiegermutter würde sich freuen. Sie ist sehr gastfreundlich.

Sie liebt überdies den Pincio genau wie sie."

Sie lachte und stellte sich vor.

Brigitte Marino und der Junge heißt Lorenzo.
Da bin ich sehr gespannt.
Für morgen sind wir verabredet.

49

Der Garten.

Der Garten ist schön.

Und seine Anlage ebenso überraschend wie der Garten selbst mich überraschte.

Weil er nicht direkt an den Palast anschließt.

Weil er durch die kleine Straße vom Palast getrennt ist.

Man muss über die Brücke gehen.

Eigentlich sind es vier, die aus dem Palast hinüberführen.

Von denen allerdings nur eine, die aus der Galerie heraus, zugänglich ist.

Geht man ein paar Meter und schaut zurück, hat sich die Perspektive verändert.

Von der kleinen Straße ist nichts mehr zu erkennen, nichts zu spüren.

Es scheint ein einfacher und eindeutiger Übergang vom Palast aus zu bestehen.

Eine ebene Fläche. Eine Gaukelei.

Drehe ich mich wieder zurück, sehe ich die hängenden Gärten der Semiramis.

So ist es.

Sie sind hier. Hierher haben sie sich zurückgezogen, Zuflucht gefunden, ich weiß es nicht, ich kann es nicht sagen. Fühlen kann ich es.

Und in der Mehrzahl sollte ich wohl auch nicht sprechen. Es ist ja nur dieser eine. Doch dieser eine, zumindest, ist da. Er ist sehr da. Er schwebt vor mir. Er schwebt vor meinen Augen.

Es geht also in die Höhe. Über Treppen und Stufen.

Ein Wasserlauf, ein Brunnen, eine Brunnenkaskade strömt mir entgegen.

Die Stufen sind sanft ansteigend, sowohl die der Kaskade, als auch diejenigen der sie zu beiden Seiten flankierenden Treppen.

Semiramis nimmt sich Zeit. Nimmt mich bei den Händen.

Am Fuß der Kaskade stehe ich. Dort sammelt sich der Wasserlauf wie in einem kleinen Fluss oder Kanal.

Darauf schwimmt eine steinerne Barke. Sie ähnelt der Barke an der Spanischen Treppe, nur dass sie einen stabileren Eindruck macht.

Diese Barke hier wird nicht untergehen.

Ich setze mich auf die zweitunterste Treppenstufe und stecke mir eine Nazionali an.

Ich habe mich auf die Schattenseite gesetzt, es ist dort nicht kühler, doch brauche ich nicht in die Sonne zu blinzeln. Das Wasser rinnt über unzählige Stufen, ein leises, stetiges Plätschern.

Über mir, auf einer terrassenartigen Zwischenebene sehe ich marmorne Statuen, dazwischen auch einzelne Köpfe stehen. Ich weiß nicht, ob sie antiken Vorbildern nachgebildet oder eher nachempfunden sind. Das spielt auch keine Rolle. Sie fügen sich in das Bild.

Vor mir sehe ich die Rückseite des Palazzo Colonna, zu beiden Seiten die Mauern von Gebäuden, die der Größe nach zu urteilen ebenfalls Palazzi sind.

Ich befinde mich in einem Wundergarten in einem tiefen Tal, denn auch hinter mir geht es weiter und weiter, Terrasse um Terrasse in die Höhe.

Die Farben der Mauern, der Treppen, der Einfassung des Wasserlaufes, atmen Erde aus.

Ich bin Erde, hier, mitten in der Stadt, ein Erdbewohner. Einer, der sich geborgen fühlt, eingebettet, aufgenommen.

Ich lehne mich mit dem Rücken gegen die Mauer, sehe und empfinde.

Was braucht man, um zufrieden zu sein?
Nichts anderes, als das.
Was braucht man, um glücklich zu sein?
Nichts weniger.

50

Oh, ja. Die Pinien rauschten, und die alte Dame hatte Panettone aufgetischt.
Selbst gebacken, erklärt sie stolz.
Sehr köstlich. Nach einem original Mailänder Rezept.
Außerhalb des Weihnachtsfestes. War ganz erstaunt. Kenne dieses Gebäck nur halb so wohlschmeckend.
Überhaupt ist sie eine richtig nette Frau.
Ihre Wohnung eine richtige Krimskrams-herberge.
Vor lauter Nippes wissen die Augen nicht, wo sie sich niederlassen können.
Brigitte versteht sich prima mit ihrer mammina, wie sie sie nennt.
Signora Marino zeigt mir eine alte Spieldose.
Ein Holzkästchen mit Intarsien und dem Lied Volare.
Sie zieht das Laufwerk auf, und singt mit.
Nicht ohne vorher auf das Schweizer Uhr-werk hinzuweisen.
Ich habe auch mitgesungen.
Volare oho, cantare ohohoho...
Auf dem Kaminsims neben der Spieldose, steht ein Bild des verstorbenen Sohnes.
Sie nimmt es. Und drückt es sich an die Brust.
Ihre Augen glänzen verdächtig.

Lorenzo sitzt am Tisch und malt.

Eine Wachstuchdecke verbirgt die Tischplatte.

So kann er sich richtig austoben.

Seine Oma geht von Zeit zu Zeit zu ihm, und streicht ihm über den Kopf.

Dann die Musik.

Lorenzo malt. Ein Gebäude. Daneben eine Pinie.

Vor dem Gebäude stehen zwei Personen.

Ein Mann hält einen Jungen an der Hand.

Lorenzo sieht seine Mama an.

Mammina streichelt Brigitte. Es ist ergreifend.

Und die Musik ist 'seine' Lieblingsmusik gewesen.

Und früher war Francesco mit seiner mamma fast täglich unter den Pinien. Im Park der Villa Borghese.

Auf dem Monte Pincio hinter der Villa Medici.

Lorenzo malt ganz verbissen. Scuola e pino.

Der Junge auf dem Bild hält in der anderen Hand einen Pinienzapfen. In allen Details.

Die Musik hört lange nicht auf.

Ich habe Freunde gefunden.

51

Die Signora Carafa zu sehen, verwunderte mich wenig.

Ich hatte mich, wie jeden Morgen, auf die Terrasse begeben, um über den Dächern Roms meinen Gedanken nachzuhängen.

Ich sehe ihr entgegen, und es regt sich ein schlechtes Gewissen. Ich hätte sie längst einmal besuchen sollen.

Sie tätschelt mir die Wangen wie einem kleinen Kind.

Das lässt mich erwachen.

Und wie Schuppen fällt es mir von den Augen! Es war ja kaum eine Woche her, dass wir uns auf dem Acattolico begegnet waren.

Die Zeit hatte mich eingelullt. So intensiv, so eindringlich war mir alles erschienen, was ich erlebte in den vergangenen Tagen.

Es kommt mir vor, als hätte ich schon immer in dieser Stadt gelebt, hätte noch immer nicht genug, würde niemals genug von ihr haben.

Dass ich sie immer und immer durchwandern sollte, wie im Taumel, in Trance, ein Traumtänzer und Traumsucher.

Und doch - noch nicht einmal eine Woche!

Die Signora Carafa wird mir mein Erstaunen angesehen, es in sich aufgenommen haben.

Langsam, sagt sie. Lentamente.

Und wie schön und beruhigend sich das anhörte.

Aber ja! Wir trinken noch einen Kaffee zusammen.

Dann will sie mich entführen.

Sie sind doch motorisiert ...?

Ach! Und auch das hatte ich schon beinahe vergessen. Das arme Autochen. Es wird ja wohl noch in der Tiefgarage stehen. Denke ich.

Die Signora lächelt. Ein Ciceronenlächeln.

Und wohin, wenn ich fragen darf?

Hinaus aufs Land.

Ich schaue zum blauen Himmel auf. Keine schlechte Idee soweit.

Sie haben nicht zufällig ein Cabriolet?

Tut mir leid, damit kann ich nicht dienen.

Na, macht ja nichts, wir werden die schöne Landschaft auch so genießen.

Nun sagen sie schon ...

Nach Nemi geht es. Wir werden das Gorgonenhaupt streicheln, sie dürfen mich auf ein Schälchen Erdbeeren einladen, wofür ich mich mit einer Geschichte der Diana der Wälder revanchieren werde.

Erdbeeren?

Walderdbeeren. Die besten der Welt. Sie werden wohl seit geraumer Zeit in Treibhäusern gezogen, doch schmecken tun sie noch immer hervorragend.

Dem Autochen geht es gut.
Die Signora dirigiert mich höchst professionell aus der Stadt hinaus.
Währenddem versäumte sie es nicht, mich auf Sehenswertes und Kuriositäten hinzuweisen.
Gleichzeitig spielte sie am Radio herum, bis sie einen Sender zu ihrer Zufriedenheit gefunden hatte.
Alte Schlager wurden gespielt.
Adriano Celentano sang das Lied vom Jungen aus der Via Gluck.
Das Lied von der wachsenden Stadt und dem schwindenden Grün.
Während sich die Stadt zu entbröseln begann und wir dem Grün entgegenfuhren.

Die Fenster auf!
Erdbeeren locken.
Und die Diana der Wälder.

52

Heute ist kein normaler Tag. Es ist ein Tag, der nicht zufrieden sein will.
Nun gut. Es liegt an mir. Es quält mich etwas.

Nein, Felix! Es ist kein Heimweh! Du musst mir nichts einreden wollen.

Ich will aus der Stadt fort. Ich fühle mich wie erschlagen.
Jeder schwärmt von Rom. Jeder empfiehlt mir eine andere Sehenswürdigkeit.
Ich habe wenige gesehen. Und jede war sehenswert. Aber es wimmelt hier nur so von Altertümern. Überall Figuren. Alle von überaus wichtigen, bedeutenden Personen.
Götzenkult! Oder? Nein, ich weiß. Aber trotzdem!
Ich liebe den schönsten Platz der Welt. Keine Frage.
Und alle Menschen sind doch eigentlich freundlich und hilfsbereit. Mein Hotel ist empfehlenswert.
Und der Tiber ist ein wunderbarer Fluss.
Und doch.
Ich möchte in einen kleinen Ort.
Nicht aus dem Grund, dass Dario Fo dort aufwuchs, und diesen Ort sein 'Wunderdorf'

nannte. Und davon in seinem Roman ' Meine ersten sieben Jahre und ein paar dazu' berichtete.

Der Literatur Nobelpreisträger, der mit Franca Rame verheiratet war.

Der sich mit den Mächtigen der Welt anlegte.

Der Ort mit seinen ungefähr 2000 Einwohnern ist Porto Valtravaglia. Liegt am Lago Maggiore und gehört zur Provinz Varese.

Und ich kenne diesen Ort seit zig Jahren. Und wer einmal an der Uferpromenade gesessen hat, oder vom Rocca di Caldè auf den Lago geblickt hat, wird dieses feeling sein ganzes Leben lang nicht vergessen.

Roma, mi dispiace ....

Aber ich muss es tun. Ich werde dir für kurze Zeit den Rücken kehren.

Lago Maggiore, vengo !

Ich freue mich und mache Reisepläne.

Mit dem Flugzeug von Rom nach Mailand.

Und dann mit dem Mietwagen nach Porto.

"Mit dem Mietwagen?" Felix ist fassungslos.

"Mit dem Mietwagen!"

Aus der Erinnerung

Dein Blau
ist
durchmischt
mit Himmel
in der Lücke
gegenüber
der andere Ort
mit Sehnsucht
gesehen
die Straße
sich schlängelnd
im Fernglas
mir nicht
nahe genug

Ghiffa
mit der Fähre von Laveno nach Intra
übersetzen
von dort aus nach Ghiffa

Dieser Tag ist wahrlich kein normaler Tag.

Und darum liebe ich ihn so.

Ab jetzt besonders.

53

Wir fuhren über die Via Tusculona, ich, summend und auf die Texte der Lieder lauschend, die Signora mit einem zufriedenen Lächeln um den Mund.

Die Stadt bröselte sich lange aus. Im Grunde bröselte sie sich bis nach Frascati hin.

An der Cinecittà fuhren wir vorüber, wo man viele große Filme gedreht hatte, Dolce Vita, Ben Hur, all die Italo-Western.

Erst als wir uns die engen Kurven von Rocca di Papa hinunterschlängelten wurde es grüner.

Doch gab es mehr Licht als Schatten, vereinzelt standen die Bäume, von Efeu überwachsen, zur Rechten immer wieder der Ausblick auf den Albaner See, den ich, trotz aller Aufmerksamkeit, die mir die engen Serpentinen abverlangten, in mich aufzunehmen versuchte.

Dichter der Wald, als wir uns Nemi näherten. Dort ging es wieder bergauf.

Nemi, ein Dörfchen, enge Gassen, ein Krähennest hoch über dem See.

Die Signora wusste, wo sie mich hinhaben wollte.

Auf einen Parkplatz, der gleichzeitig ein Aussichtspunkt war.

Vor uns lag der See, überragt von den steilen, bewaldeten Kraterwänden. Eine vulkanische Landschaft, unschwer zu erfassen. Eine Ursprungslandschaft. Sie wird zu römischer Zeit nicht anders ausgesehen haben.

Wir schlenderten durch die Gassen und fanden die Gorgone. Ihr Haupt zierte einen kleinen Brunnen.

Sie machte einen eher hilflosen denn furchterregenden Eindruck. Ich konnte das angesichts ihres Schicksals gut nach-empfinden.

Ich strich ihr freundlich übers Schlangen-haar. Sie versuchte zu lächeln. Wenn auch etwas bemüht.

Versteinert wurden wir nicht.

Vielmehr steuerte die Signora mich zu einem kleinen Café um die Ecke.

Dort gab es Erdbeeren in allen Variationen, verführerische Köstlichkeiten.

Es gab sie mit Eis und mit Sahne, auf kleinen Tortenstückchen.

Ich entschied mich für eine Version mit Eis und mit Sahne.

Völlig übertrieben natürlich, aber wie herr-lich!

Diese Erdbeeren sind kleiner als die normalen Felderdbeeren, wenn auch größer als die Walderdbeeren, wie ich sie kenne. Und sie sind tatsächlich unvergleichlich wohlschmeckend, da hat mir die Signora nicht zu viel versprochen. Mögen sie tausendmal aus den Treibhäusern stammen. Wir beide strahlen uns an. Was für ein gelungener Ausflug voller Eindrücke und Genüsse.

Die Signora räuspert sich. Aha, denke ich - die angekündigte Geschichte ...

Von Hippolytos möchte ich dir erzählen. Von seiner Liebe, Treue und Hingebung an Diana, der Göttin, die er niemals von Angesicht sah, und niemals verriet, trotz aller Verleumdungen, derer er sich ausgesetzt sah, dem Tod, den er ihr zu Liebe auf sich nahm.

Dann aber, als er im Sterben lag, ist sie doch vor ihn hingetreten, obwohl es ihr verboten war.

'Leb wohl', lässt Euripides sie sagen, 'ich darf Verblichene nicht seh'n, das Aug nicht trüben mit dem Aushauch Sterbender.'

'Du gehst', entgegnet Hippolytos, 'Leb wohl auch du, Glückselige! Von langer Freundschaft lösest du dich leicht.'

Doch er sagt es ohne Bitterkeit, denn er weiß, dass es ihnen so zukommt, den 'leicht lebenden', wie Homer die Götter nennt, dass sie ihn verlassen muss, wie die Sonne den Abend, denn nicht anders wünscht er sie sich als die selig dahinschwebende, ätherische, von keinem Erdenschmerz beschwerte Göttin.

Und sie vergilt es ihm, sich erneut über alle Verbote hinwegsetzend. Sie erlöst ihn vom Tod und verbirgt ihn in einer Wolke, damit die anderen Götter ihn nicht sehen.

So bringt sie ihn hierher, an den See von Nemi, und übergibt ihn der Obhut der Nymphe Egeria.

Die beiden werden ein Paar ...

Die Signora ließ ein langes Schweigen eintreten, bevor sie fortfuhr.

Diana trat hinaus aus den Wäldern.

Am Ufer sah sie Hippolytos und Egeria mit dem Neugeborenen spielen.

Sie erfreute sich an deren Glück. Und sie beschloss, es auch weiterhin zu bewachen.

Und, siehst du, sie bewacht es noch immer.

54

Porto Valtravaglia

Du bist mir wie immer.
Als sei die Zeit stehen geblieben. Nur den
Supermarkt von früher gibt es nicht mehr.
Aber natürlich muss man nicht verhungern.
Die Fahrt mit dem Leihwagen, ein kleines
Auto, von Mailand nach Porto klappte.
Ich beschreibe nichts. So muss ich nicht über
jede Menge Fehler nachdenken.
Zum Schluss schien mir das Auto vertraut.
Und ohne Beule steht es auf dem
hoteleigenen Parkplatz.
Mein Blick aus dem Fenster zeigt mir den
Lago.
Seine Uferpromenade, die weniger belebt ist,
als man denkt.
Das Restaurant des Hotels war gut besucht.
Es hatten sich Geschäftsleute eingefunden,
die sich für eine Tagung in Luino aufhielten,
aber hier übernachteten.
Wenn ich später vom Lago komme, werde
ich in den Ort gehen.
Mal sehen, welche kleinen Geschäfte es noch
gibt, die ich kenne.
Beim Essen lernte ich ein Ehepaar kennen,
das im Parco Hermitage eine Ferienwoh-

nung besitzt. Es ist eine große Parkanlage mit vielen Wohnungen.

Die beiden sind aus Düsseldorf. Und überwintern hier. Seit vielen Jahren schon.

Ich hatte keine Lust auf Wohnungsbeschreibung und verabschiedete mich rasch.

Man sieht sich.

Ich sitze auf einer Bank an der bezauberndsten Uferpromenade, die ich kenne.

Alte Bürgerhäuser aus dem 17. Jahrhundert stehen dort.

Wundervolle Bäume. Laubbäume.

Der Blick auf den See. Die gegenüberliegende Seite. Ghiffa.

Ach, ist das schön. Ich schließe meine Augen.

Zeit für Träume. Ich öffne sie. Der Traum liegt vor mir.

Mir fällt der schönste Platz der Welt ein.

Will ich wirklich vergleichen?

Es schleicht sich ein Gefühl in mich.

Da ist es. Dieses Brennen. Ich muss schlucken.

Und verflixt. Ich brauche tatsächlich ein Taschentuch.

Zum Glück finde ich eins. Ein paar Blicke hin und her. Es wird doch keiner.

Nein, niemand der mich beobachtet hat.

Es ist unmöglich. Ich werde doch kein Heimweh haben.

Aber die Pinien. Und der Himmel war auch anders. Da können sie sagen, was sie wollen. Der Himmel über Rom. Seine Farben. Da muss er sich hier aber gewaltig anstrengen. Wenn er denn überhaupt will.

Ich möchte nicht ungerecht sein.

Denn hier ist es doch so ...

Wie denn? Erinnerungsträchtig.

Ja. Ist es. Aber ich weiß, dass ich sie irgendwann langweilig finde.

Ich kann es ruhig sagen.

Ich bin eine, die nicht in Erinnerungen leben möchte.

Sich erinnern gut. Aber danach nichts wie weg.

Man verollert. Das Wort ist genau richtig. Man veraltet nicht.

Man verollert. Im Kopf. Aber auch im Herzen. So ein Herz braucht Motivation. Es muss sich jung halten.

Nach vorne sehen.

Das einzige was man nicht vergessen darf, ist, wie ein Kind zu sein.

Aber erwachsen.

Ich hör auf. Keine Lust auf Predigten. Wenn ich damit erstmal anfange. Und dann auch noch bei mir selbst.

Oh Schreck lass nach!

Es ist schön hier. Fertig. Und später werde ich ins Städtchen gehen.

Nicht umsonst gibt es hier wunderbare Glasartikel zu kaufen.

Die Glasindustrie hat den Ort bekannt gemacht. Wenn sie aufbleiben mussten, die fleißigen Arbeiter der Glasbläsereien, das Feuer in Gang zu halten.

Nachtschicht war an der Tagesordnung.

Deswegen wurden sie Fledermäuse genannt.

Nachtaktiv.

Porto Valtravaglia, der Ort der Fledermäuse.

Die Fenster ohne geschlossene Rollläden.

In der Regel mehr als unüblich. Aber hier war manches anders.

Und heute hat der Lago Maggiore immer noch seinen besonderen Reiz.

Auch für mich.

55

Tor Pignattara

Wegen Marie Luise Kaschnitz bin ich dort hingefahren.
Eines ihrer Bücher, 'Engelsbrücke, Römische Betrachtungen', war mir durch Zufall in die Hände geraten, und ich hatte es mit auf die Reise genommen.
Als ich es einmal zu lesen begann, erwies es sich als wundersame Entdeckung.
In diesem Band waren kurze Betrachtungen, Geschichten und Erlebnisse ihrer römischen Jahre versammelt, geschrieben in einer schönen ruhigen Sprache, die zum Mitdenken aufforderte.
Ich konnte mich, auf meiner Dachterrasse sitzend, in einem Straßencafé, oder abends in einem Restaurant, ganz in eine dieser kleinen Preziosen vertiefen und darüber nachsinnen.
Eine dieser Geschichten hieß 'Torre Pignatara'. Es ging darin weniger um das gleichnamige Stadtviertel, als vielmehr um die namensgebende Ruine einer Basilika, die als Grabstätte der Kaiserin Helena, der Mutter Constantins, zu Anfang des 4. Jahrhunderts gedacht und erbaut war.

Was mir an dieser Erzählung so gut gefiel, waren aber weniger die historischen Verweise, als vielmehr ihre Art die Ruine und deren Umgebung zu beschreiben.

Ich wollte dort hin, herausfinden, ob sich etwas von dieser Stimmung auch heute noch aufspüren ließe.

So geschah es, dass ich im Internet über das Stadtviertel nachzuforschen begann.

Was meine Neugierde in eine völlig neue Richtung lenkte.

Ich erfuhr, dass man hier ein Viertel vor sich habe, das abzusterben begann oder bereits dem Untergang geweiht war. Lediglich eine Zeitungsmeldung widersprach diesem Tenor, indem sie, und das wirkte inmitten der übrigen düsteren Prophezeiungen nahezu überbordend optimistisch, von einer beginnenden Gentrifizierung sprach.

Ich hatte auch noch etwas anderes in Erfahrung gebracht.

Ich fahre mit der Metro. Mit der Metro zu fahren, hatte ich mir überlegt, war die einzig wahre Form der Annäherung an eine solche Gegend.

Ich steige die Treppe der Metrostation hinauf.

Da bin ich also.

Es kommt mir etwas trübselig, trist und heruntergekommen entgegen, aber keinesfalls abweisend oder gar feindselig. Das macht das südliche Licht, die helleren Farben. Das macht den Unterschied zu vergleichbaren Quartieren unter einer nördlichen Sonne, die sich nur mühsam durch graue Wolkenschleier quält.

Die Menschen aber unterscheiden sich in nichts davon, ganz und gar nicht, sie gehen mürrisch einher, wie sie es in jeder Großstadt tun. Scheinbar tun, denn in Wirklichkeit dürsten sie hier wie überall nach einem guten Wort, nach irgendeinem Wort. Das ich nicht sprach, noch nicht. Ich schaute mich suchend um nach dem, weswegen ich gekommen war - der Graffiti.

Hier aber waren keine, hier war nur die vielbefahrene Via Casilina, Motorenlärm, hastende Passanten.

Ich zockele einfach mal drauflos, würde ich sagen. Und wenn mir die alte Ruine über den Weg laufen sollte, sollte es mir auch recht sein.

Doch von wegen der Graffiti, und was ich darüber gelesen hatte ---

Erst vor kurzem hatte es ein Projekt zur Verschönerung des Viertels gegeben (ja, ja, die Gentrifizierung). Da wurde ordentlich gesprayt, großflächig und offiziell. Die Großmeister der Zunft waren vertreten, und wann hat man die schon mal auf einen Haufen.

Aber ... was finde ich? Eine Moschee. Die Davorstehenden: zukünftige Gotteskrieger oder Musterschüler im weißen Käppi? Ich vertage die Entscheidung und biege um die nächste Ecke: Pro Fighting Roma. Kickboxen hinter Stahltüren und vergitterten Fenstern. Auf der Straße keine Menschenseele. Okeee, denke ich mir, okeee ... Weitergehen. Weil, es muss ja doch ... Neee! Assoziatione Tao Chi. Seltsame Figuren. Drumherum Häuserblocks, die wie eine wirre Auftürmung von Schubladen aussehen. Wo bin ich denn hier hingeraten? Aufflammende Begeisterung. Yeah! Wozu braucht der Mensch noch Graffiti?

Die kamen dann aber doch. Und waren genauso schön, wie ich sie mir erhofft hatte. Meine Füße tun mir jetzt noch weh.

56

Der Weg den Berg hinauf. Es gibt Abkürzungen.

Die sind steiler als die üblichen Wege. Früher ja. Heute eher nicht.

Lieber genießen, den wunderschönen Wald, die andere Luft. Auf den angelegten Wegen schafft man die Steigungen besser.

Mit sich ins Reine kommen. Langsam gehen. Ich habe alle Zeit, die ich benötige.

Ich muss es noch lernen.

Es war immer meine Art. Ich wollte möglichst schnell ans Ziel.

Ungeduldig. Mir gegenüber. Diese Langsamkeit. Ich weiß um sie. Ich finde sie erfüllend. Ich würde sie gerne auskosten.

Doch es gelingt mir oft nicht. Es kommt die Ungeduld. Und treibt mich um.

Aber es ist viel besser geworden. Mein Blick für das Wesentliche schärft sich.

Nicht mehr alles auf die Schnelle. Weniger ist mehr.

Mein Auto steht auf dem Parkplatz neben der alten Kirche.

Ich bin an dem Haus vorbeigefahren, in dem die beiden Schwestern wohnen.

Eine Zeitlang waren die beiden getrennt. Eine von ihnen war verheiratet. Als ihr Mann starb, löste sie die Wohnung auf und zog in ihr Elternhaus zurück. Ihre Schwester hatte nie woanders gewohnt.

Diese beiden sind mir in guter Erinnerung. Ich traf sie oft im Supermarkt. Und die Witwe sprach ein sehr gutes Deutsch.

Ob sie noch leben? Ich werde es herausfinden.

Die Kirche S.Maria Assunta hat eine wunderbare Orgel. Sie stammt aus dem 16.Jahrhundert.

Hier finden schönste Konzerte statt.

Ich setze mich auf die verwitterte Holzbank.

Nein, keinen Blick in die Ferne.

Ein kleinerer Findling liegt ganz in der Nähe. Daneben ein Holzkreuz. Aus Ästen gebunden. Ein Sträußchen verwelkter Wiesenblumen daneben.

Was mag geschehen sein?

Ich kenne diese Anblicke. Wenn ein Unfall passiert war. Und man dem Toten gedachte.

Eine Weile bleibe ich sitzen.

Mein Skizzenbuch habe ich dabei.

Ich zögere.

Weiter oben beginnt der Wald.

57

Wir haben uns eine Bank im hinteren Teil des Acattolico gesucht, die Signora und ich, dort ist es schön ruhig und schattig.
Ich hatte sie abgeholt von zuhause, dann waren wir wieder mit dem Bus gefahren.
Und, fragte die Signora unvermutet, möchten sie hier begraben sein?
Es war mir schon klar, sie hatte einen Einstieg gesucht.
Ich werde es mir wohl kaum leisten können. Sie wischte meine Bedenken beiseite mit einer Handbewegung. Alles eine Frage der Beziehungen.
Dann erzählte sie. Erzählte mir von ihrem Mann, dessen Stein nicht weit entfernt sei, dort würde auch sie einmal liegen, neben ihm.
Nun erfuhr ich auch, dass ihr Mann Jude war, kein Gläubiger allerdings, darum hatte er nicht drüben im Ghetto sondern hier begraben sein wollen.
Sie erzählte mir vom Jahr 1943. Damals schon hatte sie die Wohnung in Trastevere, hatte sie von den Großeltern übernommen, die aufs Land gezogen waren noch bevor der Krieg auch hierzulande unangenehm zu werden begann.

Sie wussten, dass es, sobald die Deutschen die Gewalt über Rom an sich reißen würden, noch unangenehmer sein würde, sie gaben sich keiner Illusionen hin. Also war ihr Mann, ihr zukünftiger Mann, sie waren damals noch nicht verheiratet gewesen, zu ihr gezogen, unregistriert, illegal, im Verborgenen. Die Nachbarn schwiegen. Auf Trastevere war und ist Verlass.

So hätten sie das Pogrom, die ganze schlimme Zeit überstanden, überlebt.

Ihre Ehe war kinderlos geblieben. Die Wohnung, ich hätte sie ja gesehen, sei selbst für zwei Personen groß, beinahe zu groß, und nach dem Tod ihres Mannes hätte die Leere zugenommen. Die Leere und die Einsamkeit.

Sie sah mich an. Ich blickte zu Boden.

Na kommen sie, geben sie sich einen Ruck. Sie haben sich in Rom verliebt, ich weiß es doch.

Ich werde Gesellschaft haben auf meine alten Tag und ihnen werde ich keine schlechte Gesellschafterin sein. Und wenn ich gestorben bin, werden sie die Wohnung übernehmen.

Ich schaute auf und nickte. Nun war es an mir.

Ich erzählte ihr aus meinem Leben, erzählte von meinen Lebensumständen, den düsteren Aussichten, die mich erwarteten, meiner Einsamkeit.

Ich erzählte ihr auch von meinen Träumen, dem, was ich mir noch vorgenommen hatte.

Umso mehr Grund, fiel sie mir lebhaft ins Wort, auf mein Angebot einzugehen.

Ich wiegte zweifelnd den Kopf, sprach ihr von einem kleinen Dorf an einem nördlichen Meer.

Ich verstehe, sagte die Signora, sie haben eine Entscheidung zu treffen.

Dann gab sie mir die Adresse.

Ich zögerte meine Abreise nicht lange hinaus.

Am nächsten Tag besuchte ich den Trevischen Brunnen.

Ich warf eine Münze über den Rücken, aber nur eine.

Den Tag darauf fuhr ich nach Süden.

58

Die beiden Schwestern, von denen ich erzählte, leben nicht mehr.
Eine junge Frau, die nebenan wohnt, hat es mir berichtet.
Sie starben in kurzem Abstand.
Traurig ist das. Ich habe ihr Bild vor Augen.
Bin durch das wunderschöne Städtchen geschlendert.
Ein Kleinod habe ich mir gekauft.
Aus Glas. Nein, kein Seepferdchen und auch keine Libelle.
Der wunderschöne Delphin ist es auch nicht.
Murano Glas in allen erdenklichen Formen und Farben. Ich bin mir nicht sicher, ob es wirklich Murano Glas ist. Der große Kenner bin ich nicht.
Dir können sie alles andrehen, sagte mir einmal ein 'Kenner des Glases'.
Jedenfalls handelt es sich um einen kleinen Glasblock, der in sich eine Wolke trägt.
Man meint, das Glas sei nicht in Ordnung, weil an dieser Stelle das Glas nicht mehr klar ist. Man hält es sich näher vor die Augen, und tatsächlich, es ist gewollt.
Eine kleine Wolke festgehalten im Glas.

Das ist so schön, weil sie sich auf dem Weg befindet. Sie sitzt so beschwingt in einer Ecke, als wolle sie ausbrechen.

Ähnlich wie ich. Ausbrechen muss ich zwar nicht, aber entschweben werde ich.

Ein letztes Mal an den großen Lago.

Mit dem Ehepaar aus Düsseldorf Adressen tauschen. Die beiden sind netter als vermutet.

Und Ihre Adresse? Ich nenne das Hotel auf der Spanischen Treppe.

Mit der Fähre nach Ghiffa.

Es war wundervoll. In meinem Skizzenbuch finden sich viele Eintragungen.

Heute noch nach Luino. Den großen Markt erleben.

Ich verwerfe den Plan.

Ich möchte lieber sitzen und denken. Nein, nicht am Lago. Den Abschied von ihm habe ich vollzogen.

Es gibt eine Bank, die ein morsches Ende hat. Ich habe sie auf dem Weg zum Rocca entdeckt.

Ein halbierter Baumstamm auf zwei Findlingen.

Das eine Ende verwittert, morsch. Kein Baumstamm hält ewig. Im intakten Teil eine Inschrift:

ho voglia di te

Was mag sich der Schnitzer gedacht haben. Wen hatte er vor Augen? Wen wollte er denn unbedingt?

Einen Menschen natürlich. Oder eine Pizza? Kann doch sein. Wenn er hungrig war. Oder eine Curry Wurst.

Doch eher nicht. Wer kennt in Italien eine Curry Wurst? Wahrscheinlich niemand.

Ich nehme auf der Bank Platz.

Das morsche Ende reizt mich. Ich versuche mit meinem Kugelschreiber die Rillen nachzufahren. Zu beschreiben.

Es funktioniert nicht.

Im Notizbuch probiere ich den Kuli aus. Nach ein paarmal hin und her bewegen, die ersten Krickel zu sehen.

Immerhin.

Ich probiere zu schreiben. Neben die Inschrift. Monte Pincio.

Was für ein Frevel.

Erstens das Schreiben auf Bänke.

Zweitens das Nennen eines Konkurrenten.

Es sieht mich ja keiner. Und so schlimm ist es auch nicht, oder?

Doch ist es. Es gehört sich nicht.

Und deshalb werde ich es schreiben.

Es klappt.

Die Nachwelt irregeleitet. Von mir.

Sollte die Bank in irgendeinem
Geschichtsbuch erwähnt werden, würde
man von einem Menschen sprechen, der
einen Hügel in Rom verehrt, und seine
Sehnsucht hier verewigt hat. Herrlich!
die morsche Bank. ein Seelenfänger. der
Schwall Sonne auf grünem Kalk.
die Palette wird nie vollständig sein.
für einen Augenblick den Tod vor Augen.
wie es wäre. mitten im Schwall.
dazuliegen.
wie es mich umgreift.
mich fortträgt.
unendliches schweben.

die Ferne
gelesen
wie ein Bumerang
von mir geworfen
Sehnsucht
zu dir
im Vergrößerungsglas
zurück
mein Zwiespalt
nur kurz
ein Wissen
Entscheidungen
wieder vertagt
mich isolieren

dass es anfängt
wie es begann

Silberbäume
voller Wolken
schweben
durch die Luft
es hängen
bunte Glassplitter
an Nebelfäden
unter ihnen
liege ich
es spiegelt
sich meine Seele
in allen Facetten
es reicht
ein Skizzenbuch
nicht aus
für das Leben

59

Il Castello. Das Kastell. Die Adresse der Signora.

Das Kastell liegt droben in den Bergen, hoch über der Bucht von Sorrent.
Es ist kein Hort der Pauschalreisenden, der Badegäste, der Familien mit den kleinen Kinder.
Es kein Ort, dem zwei Wochen genügsam wären.
Es ist ein Ort der Dauer, des Verweilens.
Es ist ein Ort, an dem ich den guten Geistern begegne, und den bösen.
Wie es sich fügt und schickt.

Il Castello. Das Kastell. Nicht wehrhafte Burg noch Schloss.
Das Kastell ist beides nicht.
Es ist eine alte Villa.
Eine schöne, ausreichend große alte Villa, die nun ein Hotel beherbergt, das 14 Zimmer anzubieten hat.
Eine Zimmernummer 13 gibt es. In der wohne ich nicht.

Das Kastell ist ein Ort der empfindsamen Mimosengewächse. Dem Verfall preisgegeben, der Fäulnis, dem Untergang. Der letzte Ort des Fin de Siècle, der Dekadenz und der Dekadenten, die sich hier ein Stelldichein geben.

Wer hier einmal Station macht, wird bleiben. Wie ich. Wie die anderen alle. Sonderlinge.

Sonderbare Heilige und Heilsverkünder waren hier schon immer zu Gast gewesen.

D'Annuncio, Mussolini und der Maler Carlo Carrà, damals, als es noch Stammsitz der Grafen von ---- war.

Viel Zeit verbringe ich im Garten, im Liegestuhl, am Fuß der Treppe, von steinernen Engeln flankiert.

Neben mir das Mädchen, die junge Lyrikerin, ich brauche ihr keinen Namen zu geben.

Sie hat eine Erbschaft gemacht, hat ihre Arbeit als Disponentin einer Logistikfirma gekündigt und ist nach Italien gekommen um einen Gedichtband zu vollenden. Sie hat sich vorgenommen den Winter über hier zu bleiben. In dieser Gemeinsamkeit haben wir uns gefunden.

Sie wirkt zerbrechlich, eines jener zarten Geschöpfe, bei denen man meint, dass ein Lufthauch genügen könnte sie fortzuwehen in eine traumverdunkelte Vergangenheit. Eine traurige Blume, die nicht Stand findet.

Sie verkümmert im Park, im Schatten fließender Sträucher, in einem Purpur-rausch.
Sollte ich eingreifen in das, was die Natur gewährt oder verweigert?
Der Mensch ist ein Gärtner. Er begießt das Lebendige und das Tote.
Ich wollte, ich würde mich täuschen.
Sie schreibt jeden Tag ein Gedicht. Gebilde wie dieses:

Der Tag liegt im Sterben
wie ein kleiner Vogel
der gegen die Scheibe prallte

unvermutet flammt sich
das Licht noch einmal aus
über den Bergen

ein weiß geknickter Baum
erstickt im Feuersturm

brennt sich ein Mal
auf meine Wange

Ich habe nun auch angefangen zu schreiben. Mehr als das Tagebuch, das ich von Beginn meiner Reise an führte. Ich stelle fest, dass es etwas wie eine Einübung in ein Kommendes

gewesen sein muss. Als ob ich etwas geahnt
hätte. Doch erst der Signora gegenüber habe
ich davon gesprochen. Ein Traum. Hier, an
diesem Ort, soll er seinen Ausgang nehmen.
Ein Roman soll es werden in der Nachfolge
der großen Romane des letzten Jahrhunderts, ohne dass ich mich ihnen an die
Seite stellen wollte, so vermessen bin ich
nicht. Es geht mir um den Vorgang des
Schreibens, das langsam stattfinden soll,
sehr langsam. Ich möchte Zeit verstreichen.
Sehr bewusst, durchatmend und beatmet.
Ich möchte mich spüren können dabei,
spüren wie ich mich verändere oder auch
bleibe.
So verbringe ich meine Zeit.

Das Restaurant genießt einen legendären
Ruf.

60

Arrivederci Porto Valtravaglia

Mein kleines Auto hab ich gut behandelt. In Mailand werde ich es wieder abgeben. Und von da aus nach Rom zurück fliegen.
Viel zu kurz dagewesen. Das Zimmermädchen griff sich ans Herz.
Wartet amore?
Ich konnte sie beruhigen. Ist keine amore da. Nur eine schöne Stadt und ein schöner Park.
Felix hat angerufen. Als er hörte, ich sei in Porto, hatte er große Lust mich zu besuchen. So in zwei Wochen.
Von Locarno aus ist es nicht weit. Was hältst du davon?
In Locarno wohnt sein alter Freund. Ein Deutscher, Geld genug in der Schweiz zu Eigentum zu kommen. Die stolzen Schweizer. Na, ja.
Ich lehnte ab. Etwas halbherzig. Aber das hätte bedeutet einen Termin mit ihm auszuhandeln. Mindestens zwei Wochen dranzuhängen.
Das möchte ich nicht.
Außerdem wartet das Hotel in Rom auf mich. Mein Zuhause. Jedenfalls so lange ich in Rom bin.

Felix möchte mich auch dort besuchen. Irgendwann. Obwohl er dieses 'irgendwann' so merkwürdig betonte. Ich wette, er will in zwei Wochen eintrudeln.

Wenn er Pech hat, sehen wir uns nicht. Den Grund hab ich ihm nicht erzählt.

Ich weiß noch nichts genaues.

Alessandro hatte sich gemeldet.

Der Uecker Fan.

Mit ihm hatte ich ehrlich gesagt gar nicht gerechnet.

Jetzt weiß ich, was das A. bedeutet.

Und, Lust auf Venedig? So sein Einstieg.

Ich war etwas überfragt.

Und was denkt er eigentlich, wie alt ich bin.

Paaff, zack, also nichts wie hin, von jetzt bis gleich.

Nee, das heißt ja, aber wann?

Morgen, oder <u>übermorgen</u>?

Neeeee, also wirklich.

Bin nicht zuhause. Bin unterwegs.

Ahhh, und wo, wenn ich fragen darf?

Er durfte, und weiß jetzt Bescheid.

Auch das: ich möchte erstmal wieder in Rom sein.

Kein Problem, sagt er. Ich bin ja auch da. Ich könnte dann vorbeikommen zum Besprechen.

Ich hab es offen gelassen.

Wusste ja nicht, dass ich schon bald abreisen würde.

Mein Wolkenstein liegt im Ablage Tunnel neben dem Fahrersitz.

Ich darf nicht vergessen ihn herauszunehmen.

Das kleine Säckchen in dem er steckte, liegt in meiner Handtasche.

Es wird verwaist bleiben.

Mein pietra nuvola. Pinu nenne ich ihn. Ich mag Eigennamen.

Und ein Wolkenstein, der Pinu heißt, hat keinen Grund sich zu beschweren.

Eben.

Und Pinu darf Kratzer bekommen. Und muss deshalb in keine Hülle.

Schließlich ist er von dieser Welt.

61

Ich sitze in der Taverne und spiele Scopa mit
dem Monsignore.
Der Monsignore ist ein Ketzer.
So hat sich unsere Bekanntschaft ergeben.
Der Monsignore ist ein glühender Anhänger
des Giordano Bruno.
Der Monsignore streicht den Tisch leer,
zündet sich seine Zigarre an, die
zwischenzeitlich verglommen war.
Der Monsignore raucht Partagas.
Wussten sie, sagt er, dass Giordano Bruno
noch unter der Folter heilige Lieder
gesungen hat? Zum Papst hätte man ihn
wählen sollen, so ist das.
Ich überlege angestrengt, ob bereits drei
Könige in die Stiche eingegangen waren,
oder ob es erst zwei gewesen sind.

So sprechen wir den Aktaion losgelöst
von Materie
erklären Diana für unschuldig
die Hunde
ihres hündischen Wesens entbunden
er sei frei

sein Blick auf die Badende
unbeschwert ein
der Schönheit hingegebener Verehrer

Ich war in Abwesenheit versunken.
Ja, sage ich, ja, ich werde seine Augen
ersetzen, von neuem sollen sie erstrahlen,
schöner denn je.

Kennen sie den Brunnen von Caserta, fragt
mich der Monsignore.
Es ist schrecklich, sage ich, schrecklich ...
Sie werden wohl recht haben.

Ovid nennt 35 Hunde bei Namen. Hyginus
gar 81.
81 Hunde vermögen jeden Hirsch zur
Strecke zu bringen.
81 ... das macht 324 Beine und Füße.

Lassen sie mal sehen, sagt der Monsignore.
Womit er meint, dass ich diese Zahl in mein
Handy eingeben sollte, die Ergebnisse zu
befragen, die uns Google anbieten würde.
Nun gut. Warum nicht.
Ich tippe es ein: 324.
Des starken Menschen - Symbolik -

Die drei ältesten Kunsturkunden der Freimaurerbrüderschaft -
Interessant, meint der Monsignore, höchst interessant. Hatte ich ihnen eigentlich schon von Giordano Brunos Zeit in Wittenberg erzählt?

Und was nun, wenn ein Dreibeiniger darunter gewesen sein sollte?
Keine Haarspaltereien, bitte.
Im Übrigen möchte ich sie darauf aufmerksam machen, dass ich noch einen König auf der Hand habe.
Er spielt ihn aus, streicht ein.

Merda, denke ich, und denke an die Signora.
Ich habe mich schon schön ins Italienische eingelebt.

Es gibt Vögel
denen ist das Nest zerzaust
verzweifelt rufen sie
da sind nur stumpfe Köpfe
wie Würfel
eine 2
eine 5

ihren Gesichtern eingebrannt
die Jahre sind vergeben

2 und 5 macht 7.
Ja, das passt. Ich spiele aus. Streiche ein.
Nun ist der Monsignore gefragt.
Er kaut auf seiner Partagas, die längst wieder
verglommen ist.

62

Ich lasse mich zu nichts verpflichten.
Freiwilligkeit ist angesagt.
Weshalb sonst bin ich hier. Es ist wie im Eiskunstlauf. Nachdem die Pflicht getan ist, darf die Kür glänzen.
Mit Felix habe ich mich darüber mal unterhalten.
Er meinte, man könne auch anstreben, die Pflicht glänzend zu absolvieren.
Dann wäre die Kür zweitrangig.
Na gut, geht auch. In erster Linie ist das aber für Leute ohne Phantasie gedacht.
Die halten sich an Regeln fest, und sind froh, nicht ins Stolpern zu geraten.
Vielleicht wissen sie ja nicht, wie man aufsteht.
Merkwürdigerweise war mir schon während der Schulzeit nicht nach Regeln zumute.
Das war ziemlich riskant. Und ich bin heftig auf die Nase gefallen dabei.
Gebessert hab ich mich. Allerdings meist nur vorübergehend.
Na ja, so ganz stimmt es nicht.
Ich weiß, dass es Regeln geben muss. Und halte mich daran.
Vor allem, wenn sie sinnvoll sind...

Bin also wieder in Rom.

Es war wie eine Heimkehr. Ein gutes Zeichen.

Im Hotel hat man sich gefreut, dass ich zurück bin.

Und Giulietta, das nette Zimmermädchen, hat mir eine Packung Mon Chéri auf den Schreibtisch gelegt.

Ich sitze hier. Sehr unflätig.

Beine auf dem Schreibtisch. Mon Chéri auf dem Schoß. Einen Kaffee hat die Kaffeemaschine gezaubert.

Handy in der Nähe, iPad in der Hand.

Ich sortiere digitale Fotos. Habe extra Ordner angelegt.

Und stelle fest, wie langweilig das ist. Zum Glück habe ich nicht viele Fotos gemacht.

Ob ich sie mir wirklich noch mal ansehe?

Es regnet.

Rom im Regen. Ein anderer Duft. Andere Bilder.

Nein. Ich werde nicht ins Museum gehen.

Denn heute werden alle im Museum sein. Ich bleibe in meinem Zimmer.

Höre Musik und lese. Gedichte.

Erna Rosenstein. Eine Polin.

Die surrealistische Malerin, die auch gedichtet hat.

Und wie. Sie gefällt mir.
Sie berührt mich. Ich werde traurig.

Es wird am Regen liegen.

Ich lese bei ihr, "dass man Wurzeln aus-
reißen muss, damit die Leere blüht."

Ich überlege, ob eine Leere da ist.
Sehe durchs Fenster. Der Regen schlägt
heftig dagegen.
Ich berühre die Scheibe.
Ob man den Regen durch Scheiben spürt?
Ich spüre das Rinnen. Ich fühle meine Hand
nass werden.
Ich ziehe sie zurück.
Sie ist trocken geblieben. Dabei hatte ich den
Regen gespürt.

"Es kann nur der verschwinden, den es gab."

Und wieviel muss es von ihm gegeben
haben?
Reicht schon die Hälfte, oder müssen es
mindestens zwei Drittel sein?
Dass er verschwinden kann. Darum geht es.

Es ist schön Musik zu hören.
Es wäre schön dahin zu schmelzen.

Es wäre schön zu küssen.
Es wäre schön in Armen zu liegen.

Ich bin ja verrückt.

Ich werde mir Gummistiefel kaufen und
einen riesengroßen Schirm.
Das kann ich aber jetzt nicht.
Mein kleiner Schirm hält soviel Regen gar
nicht aus.
Und meine Schuhe sind auch nicht
hochwassergeeignet.
Aber morgen.
Dann kaufe ich ein.
Mache mich regenfest.

Mein Skizzenbuch liegt auf dem Boden.
Das Bild des Findlings aufgeschlagen.
Mir fällt das Holzkreuz ein.

"Es kann nur der verschwinden, den es gab."

Und ich schreibe.

Lege Wünsche in den Wind
einfach so
dass er sie liest
wenn er sie verwirbelt hat
tragen Pfützen

alle Farben

Lass die Bäume Fugen sein
die sich vor
die Wolken schieben
dass der Himmel
nicht verliert
was er mir bedeutet

63

Marina Grande

Ich starre aufs Meer hinaus.
Ich starre.
Dort wirst du es nicht finden, sagt der alte Matteo.
Was?
Das, warum du herausgekommen bist.
Die Farben des Meeres ...
Falsch, sagt er, falsch. Du bist gekommen um zu trinken.
Er stößt mir den Ellenbogen in die Rippen, lacht, und reicht mir die Flasche.
Ich trinke.

Das war ein gutes Lachen gewesen, rau, mit einem Rasseln, das die Kehle hinaufgekrochen kam und in einem Hustenanfall endete.
Ein Leben mit Zigaretten und Wein.
Ein gutes Leben. Ein gutes altes Leben.
Der alte Matteo war Fischer gewesen. Ein ganzes Leben als Fischer hatte er gelebt.
Der alte Matteo kannte die Farben des Meeres.
Er kannte sie, wie ich sie niemals würde erkennen können, begreifen lernen.

Und wenn ich noch so lange hier säße.

Ich wünschte mich an seine Stelle.

Dann wünschte ich, ich könnte sie malen: die Farben des Meeres.

Der alte Matteo hatte schon hier gesessen als die kaum zwanzigjährige Sofia Loren die Treppen zum Hafen heruntergestiegen kam um ihren Liebsten zu treffen, der auch ein Fischer war.

Eine Frau, sagt er, was für eine Frau ... Er deutet es mir an.

Aber ja, sage ich. Es ist mir bewusst.

Er schüttelt den Kopf über so viel Ignoranz und lacht und hustet, hustet und lacht.

Wir trinken und rauchen.

Was meinst du nun, frage ich, welche Farben hat das Meer?

Das Meer ist schwarz, sagt er. Schwarz wie ein Leichentuch.

Sooo ...?

Und ich weiß nicht ob ich dieses langezogene 'sooo' als Frage oder bloße Feststellung ausgesprochen hatte oder verstanden wissen wollte.

Darum trinke ich, ergänzt er.

Er muss mich für blöd halten. Er wird mich für blöd halten, und recht hat er.

Du würdest auch trinken, wenn Sofia Loren in diesem Augenblick einem azurblauen Meer und schneeweißer Gischt entstiegen käme.

Dann erst recht, lacht er. Dann erst recht.

Nur komisch, dass ich nun an eine ganz andere Szene denken musste. An einen Brunnen.

Komisch. Oder auch nicht.

Ich hatte mich doch längst entschieden.

Ich fahre zurück nach Rom.

64

Der gestrige Tag war verregnet schön.
Er bestand aus einem verwunschenen Abend, und einer Nacht, die träumte.
Debussys Suite bergamasque.
Eine Heiterkeit, die sich mir zugesellte, ich nahm sie gerne an.
Ein Glas zu viel, der Cinzano schmeckte italienischer als sonst. Ich ließ mich aufs Bett fallen.
Und sah an der Zimmerdecke keine der üblichen Schattenspiele, wenn die Vitrine, deren obere Hälfte aus Glas bestand, versuchte, sich ins rechte Licht zu rücken.
Ich sah etwas Flackerndes. Tanzendes. Ein Irrlicht verbreitendes Etwas.
Es schien Debussy genauso zu mögen wie ich.
Ich nickte ein wenig ein. Das war nicht tragisch. Die Musik spielte in einer Endlosschleife mit meinen Gefühlen. Clair de lune schon vorbei. Danach Passepied.
Warum nicht. Alles von vorn.

Der heutige Tag beginnt mit dem Anflug von Kopfschmerzen.
Sowas aber auch. Sehr unpassend, wenn schönste Träume das Glück versprechen.

Es ist klar wohin ich gehe. Mal wieder.

Monte Pincio, die Bank, die ganz anders aussieht als die vom Rocca.

Da ist nichts Morsches. Sie ist eine einzige Einladung. Von vorne bis hinten voller Ekstase, notdürftig übergepinselte Herzen und Liebesbezeugungen.

Mich stören sie nicht.

Ich überlege kurz, welchen Namen ich schreiben würde. Mir fällt keiner ein, der es verdient hätte verewigt zu werden.

Sie sind alle ohne Charisma. Die Namen. Die Menschen dahinter auch.

Feinstes Nebelwasser schwebt fast aufgelöst vor mir her.

Ich sehe die Pinien.

Sie stehen ruhig und unerschütterlich.

Die Büsten. Ein paar. Die ich berührt habe. Vorsichtig.

Ich hätte gerne die Menschen kennengelernt, die jetzt als Büste hier stehen.

Ob sie sich über ihren Anblick hier freuen würden?

Michelangelo z.B., den ich seit neuestem mag.

Seiner Gedichte wegen. Die ich ziemlich spät kennenlernte.

Ein toller Maler und Bildhauer, aber etwas zu imposant für mich zum Herzensmögen.
Das änderte sich, als ich seine Gedichte sah.
Langsam schlendere ich zur Aussichtsterrasse.
Der Blick auf Rom ist von dort oben unvergleichlich.
Diese Farben der Gebäude. Die Kuppel des Petersdomes.
Postkartenmotiv.
Aber in der Realität unübertrefflich.
Ich bleibe eine Weile stehen. Und fühle mich wohl. Dazugehörig.
Wie weggeblasen der Unmut wegen der vielen Altertümer.
Es sind ja doch Zeugnisse, die nicht verlorengehen dürfen.
Von Menschenhand erschaffen.
Ich nehme mein Skizzenbuch und versuche die Skyline festzuhalten.
In groben Zügen. Mir die Farben einprägen.
Für später.
Die Großartigkeit sehen.
Das Gefühl unserer Vorfahren versuchen sich vorzustellen.
Im Geiste Gespräche belauschen. Die während der Entstehung geführt wurden.
Schreiben, was ich fühle.

Im Schimmern
der Bäume
die ewige Sonne
das Schweigen
der Blätter
in windstiller Zeit
Vergangenheit
liegt in der Luft
sie trägt den Duft
der Ewigkeit
viele Jahrtausende
atmen sich aus
nichts geht verloren
alles bleibt

Ich muss unbedingt noch einmal zur
Wasseruhr.
Und auf keinen Fall darf ich ohne einen
Pinienzapfen nach Hause zurückkehren.

65

Das ist mal wieder typisch für mich, typisch. Verfahren hab ich mich, zehnmal, so gefühltermaßen, habe Rom aber doch schließlich gefunden, das ließ sich auch kaum vermeiden, groß genug ist es ja, bin aber an einer völlig unerwarteten Stelle rausgekommen, natürlich, das war die eine Geschichte, dann aber gleich noch in der falschen Richtung um die Sapienza herumgekurvt, und das wars.

Die Sapienza, das ist die Universität. Sie wird zwar genausoviel Unsinn verzapfen wie alle anderen auch, der Name ist aber trotzdem genial.

Ich kurve nun also um die Sapienza rum, im Regen, und regnen tut es, schüttet wie blöd, na klar, was hab ich denn erwartet, es ist Ende November, und im November ist es in Rom nur am Regnen. Na bravo, ja, das hab ich doch gewusst, oder? Klar hab ich das. Also bräuchte ich mich nicht zu wundern, wundere mich dann aber doch, bin auch ein kleines bisschen genervt. Dann aber nicht mehr. Nö. Vollständige Gelassenheit kehrt ein. Jedenfalls - so ungefähr. Weil ja das

Gekurve geblieben ist, also herrlich, Verkehrsführungen wie ich sie liebe, die kreuz und die quer, und dann heißt etwas Corso d'Italia, na hallo, was für ein Name, man denkt sich Wunder was, ein Prachtboulevard, von Bäumen bestanden, rauschendes Leben in Straßencafés, stattdessen eiere ich durch einen ewig langen Tunnel, totale Finsternis, von Beleuchtung halten die nicht viel, und auch im Tunnel ist es nass, ich kann die Feuchte riechen, die Abgase, den Gestank.
Und was ist? Ich habe tierisch gute Laune.
Und warum? Weil ich zuhause angekommen bin.

Okay --- ein ziemlich schwammiges Zuhause. Ein reichlich nasser Schwamm noch dazu. Scheint mir etwas griesgrämig. Das täuscht aber, da bin ich mir sicher. Ich muss es nur etwas kitzeln, und das werde ich.

Ich. Ganz berauscht von meiner plötzlichen Erkenntnis. Wie ein besoffener Dampfer.
Wie ein besoffener Dampfer sich fühlen mag? Wie ich.

Ernst einfordern. Den Ernst der Lage sondieren. Ach --- Quatsch. Einfach weiterkurven. Das Radio lauter stellen. Noch lauter mitsingen. Das gibt's nur einmal ... Nein. Das singen sie natürlich nicht.

Raindrops keep falling on my head ... Nein. Auch das nicht. Und außerdem viel zu harmlos für das, was sich hier abspielt. Unwettermäßig. Radiomäßig gibt es italienische Schlager, süß und bunt, darunter auch diesen hier, das war dem Moderator wohl ein Urbedürfnis gewesen:

'La pioggia, la pioggia non esiste
se mi guardi tu
butta via l'ombrello amor
che non serve piu
la pioggia non bagna il nostro amore
quando il cielo e blu
il cielo e blu'

Mmmmmh, das ist schon mehr nach meinem Geschmack. Aber hallo! Ist doch alles nur eine Frage der Einstellung. Und des Vorstellungsvermögens.

Ich gurke weiter. Wer braucht schon einen Regenschirm, wenn es die Liebe gibt. Die macht den Himmel blau.

Ja. Das Rezept klingt gut. Nur dumm, dass ich jetzt grad nicht verliebt bin. Da kann ich dem

Himmel keinen Vorwurf machen, dass er grau bleibt.

Aber Hunger hab ich jetzt, aber sowas von.

Komme aber irgendwie von der Straße nicht runter. Keine Abzweigung, nichts. Ist das nicht der Borghese-Park hier? Ich fahr jetzt mal rechts ran und schau auf dem Stadtplan nach. Ja. Na sicher doch. Hier bin ich. Und ich hab keine Chance bis ich auf die Piazza del Popolo und den Corso komme, da will ich aber nicht hin. Ich könnte später aber da abzweigen, und da, und in die Via Margutta rein, dort den Wagen abstellen und zu Fuß weiter, da gibt es zig Restaurants, na spitzenmäßig, das ist mein Ziel, also los, also weiter -

hmmm, irgendwie hätte ich nicht übel Lust die Nacht durchzumachen, ich hab mich schließlich lange genug ausgeruht in meinem Kastell, und der Regen und das alles jetzt, die Supererkenntnis und so, also - ja, warum nicht, es wird doch hier in Rom auch Musikkneipen geben, eine gute Gelegenheit sich auf die Suche zu machen, hmmm, ja, aber das kann ich mir alles noch überlegen wenn ich im Trockenen sitze, erstmal was zu Essen finden, nicht wahr, also, holla, denn man los ...

66

Eine vorübergehende Regenpause. Das ist schön. Aber der Regen wird sicher wiederkommen. So richtig klar ist es ja nicht. Zumindest bin ich ausgerüstet.
Und der Regenschirm ähnelt einem Sonnenschirm. Bunt gestreift. Riesig groß.
Ich hätte ja große Lust mich auf die Spanische Treppe zu setzen. Aber sie wird sicher noch pfützig sein.
Obwohl, meine lange Regenjacke wird das Nasse abhalten.
Und mit dem aufgespannten Schirm in der Hand. Und die Leute werden murren. Weil sie um den Schirm herum laufen müssen. Und ich lasse mir nichts anmerken, und bleib einfach sitzen.
Ach, ich bin albern.

Aber ich bin es nicht allein.
Heute Nacht werde ich wach. Weil jemand gesungen hat.
Schaurig schön, ist echt geprahlt.
Im Hotel ist nachts selten was los. Darum fiel es umso mehr auf.
Ich dachte, ich hör verkehrt. Lange nach Mitternacht. Drei Uhr ungefähr.

'La pioggia, la pioggia non esiste
se mi guardi tu
butta via l'ombrello amor
che non serve piu
la pioggia non bagna il nostro amore
quando il cielo e blu
il cielo e blu'

Gigliola Cinquetti. Ich hab's gegoogelt heute
morgen. Bis ich es gefunden hatte.
Ich wusste ja nicht genau, wie es geschrieben
wird.

Jedenfalls hat so ein Typ dieses Lied auf dem
Gang geträllert.
Wer weiß, wo er herkam.
Hatte wahrscheinlich auch keinen geschei-
ten Regenschirm.
Da ist ihm das Lied eingefallen.
Er scheint ja nicht der Modernste zu sein.
Immerhin ist das Lied uralt.
'Il cielo e blu'
Diese Zeile.
Boah. Immer hintereinander weg.
Mindestens siebenmal.
Und dazwischen hat er sich über sich selbst
kaputtgelacht.

Ich dachte, der findet sein Zimmer nie. Aber irgendwann war Ruhe.

Ich vermute, es war der Herr, den ich sah, ehe ich einkaufen ging.
Vorher habe ich ihn nie gesehen.
Ich kam von der Dachterrasse, und er war auf dem Weg dorthin.

Sah ganz nett aus. Groß und Bart. Schon älter. Die Haare graumeliert.
Typischer Tourist.
Stadtplan in der Hand.

Mal sehen, ob ich auf der Terrasse ein Plätzchen finde, meinte er im Vorbeigehen.
Klar, sag ich. Ich hab sie ja gerade verlassen.
Wir lachen beide.
Ahh, sagt er, eine Deutsche.
Ja, sag ich, und Sie ein Deutscher.
Vielleicht sieht man sich mal.
Ja, könnte gut sein.
Ciao.
Ciao.

67

Das Sättegefühl hat mich schläfrig werden lassen. Nein - nicht schlafesmüde, eher ruhebedürftig.

Während ich im Restaurant saß, hatte der Regen nachgelassen, nun hat er ganz aufgehört.

Das lässt mich zur Besinnung kommen. Ich werde nicht die Nacht durchmachen. Auf was für irrwitzige Ideen man doch kommt! Man muss ja nicht gleich ausflippen, nur weil man zu Hause angekommen ist. Nichts da! Es ist ja auch erst früher Nachmittag. Ich werde jetzt einfach die Straße weiter runtergehen bis zur Spanischen Treppe. Irgendwo wird sich schon ein Hotel finden lassen, das mir gefällt. Und das noch ein Zimmer für mich übrig hat. Einfach auf Eingebung und Glück vertrauen.

Das Hotel habe ich gefunden. Das ist aber hübsch! Es könnte die Schwester meines alten Hotels am Blumenplatz sein. Es gibt zwar kein rotes Plüschsofa, aber eine Dachterrasse hat es auch.

Eine Tiefgarage haben sie nicht, darum habe ich den Wagen rumgefahren und oberhalb der Spanischen Treppe abgestellt, dort steht er gut, wie ein kleiner Vogel, jederzeit startbereit.

Ich habe erstmal nur das Nötigste mit ins Hotel gebracht, den großen Koffer hole ich morgen früh, die meisten Bücher (es hat sich erschreckend viel angesammelt) werde ich wohl gleich im Auto lassen.

Ein schönes Zimmer hat man mir zugewiesen, das Bett habe ich dann aber doch vermieden. Stattdessen bin ich auf die Dachterrasse hinauf.

Ich lese in Brinkmanns Rom. Er findet die Stadt Scheiße, alles und alle, denen er begegnet. Er kann sie alle nicht ausstehen. Die Marktfrauen nicht, die Priester schon gar nicht, auch nicht die Hippies. An nichts lässt er ein gutes Haar. Und ich überlege mir, wie ich damals so drauf gewesen bin, zu der Zeit, da ich allerdings ein gutes Stück jünger war als er. Und wenn ich in die Städte kam, mit dem wenigen Geld, das mir zur Verfügung stand, da habe ich im Schlafsack unter den Brücken geschlafen, wenn sich nicht jemand fand, der mich mit zu sich nach Hause nahm. Und ich habe mich großartig gefühlt dabei, und die Welt war ein Fest, auch wenn es manchmal schon ganz schön merkwürdig, auch erschreckend sein konnte, so schwarz sah ich es nie. Und der Brinkmann ist nur am meckern. Dabei hat er doch ganz privilegiert in der Villa Massimo residiert. Aber vielleicht war genau das sein Problem. Er war kein Underground mehr, und damit ist er nicht klargekommen. So jemand rief ja geradezu danach überfahren zu werden. Na schön, das mag nun eine Überinterpretation sein. Aber egal. Psychologisch interessant ist es allemal, eine Zeitstudie sowieso, und schreiben konnte er, das ist ja gar keine Frage.

Schwarz. Tiefe Schatten. Und der Dritte, der neben dir geht. Bohnen, Erbsen, fades Hackfleisch. Und kein südliches Licht. Er muss verzweifelt gewesen sein. Aufbegehrend gegen das große fette A des Aristoteles, das Non-A herbeisehnend.

Ich unterhalte mich mit dem Kellner, der stammt aus Ostia. Sich Gutes tun und ans Meer fahren. Aber da komme ich doch gerade her. Ich erzähle ihm. Wir lachen, herzlich. Ihm braucht man das südliche Licht nicht beizubringen, er verkörpert es, selbst an solch einem Tag. Der sich schüchtern verabschiedet.

So bin ich auf mein Zimmer gegangen und -- - eingeschlafen. Also doch. So ein Mist.

Als ich um Zehn herum aufwachte, war ich ganz verwirrt und wusste erst nicht so recht wo ich bin. Und ob ich überhaupt bin. Und wer ich bin. Wie das so geht. Aber hellwach war ich. Das auf jeden Fall. Und schon wieder hungrig. Also habe ich mich frisch gemacht und bin runtergegangen. Die Rezeption ist die Nacht über besetzt, erfuhr ich. Das ist ja beruhigend.

Also gehe ich essen. Den Brinkmann mit seiner Motzerei hinter mir lassend. Stattdessen habe ich mir einen Band mit Gedichten von Eugenio Montale in den Rucksack gesteckt. Für später. Wenn ich beim Wein sitze. Ich werd jetzt lange Zeit nicht müde werden, das weiß ich.

Der Montale ist einer, dem die Menschen lieb sind, da findet sich nichts von Brinkmanns Menschenverachtung, die mich abstößt. Warum denn sollte ich mich über andere erheben? Weil ich ein Dichter bin? Weil ich etwas erkannt zu haben meine, was die anderen nicht sehen? So ein Unsinn! Jeder Waldarbeiter könnte das Leben besser und tiefer verstanden haben, ohne auch nur ein Wort darüber zu verlieren.

Das ist etwas, wovon Montale weiß. Also bleibt er leise, nachdenklich und in sich gekehrt. Spricht von etwas, das kommt, und so vielem anderen, das nicht durch das Nadelöhr passiert.

Ich bin spät zurückgekehrt, sehr spät. Ich war guter Laune und glaube, ich habe sogar etwas geträllert, was sonst nicht meine Art ist, das Lied vom Regen, ich kann es nicht ändern.

Geschlafen habe ich fest und gut. Bin auch früh wach geworden.

Ich sitze beim Frühstück. Da spüre ich einen Blick auf mir ruhen. Oh, es ist die Frau, der ich gestern auf der Treppe begegnete, als ich zur Terrasse hinaufstieg. Wir haben sogar einige Worte gewechselt.
Ich meine etwas wie Unmut in ihrem Gesicht zu lesen, gepaart mit einer gewissen Belustigung. Sie lächelt und wirft mir einen Morgengruß zu. Ich lächele zurück und erwidere ihren Gruß.
Dann aber wendet sie sich ab und setzt sich ganz woanders hin, meinen Blicken entschwunden.
Wie habe ich das denn zu verstehen?
Versonnen streiche ich mir Butter aufs Cornetto. Da kommt das Begreifen. Ich sitze

auf ihrem Platz! Auf dem Platz, auf dem sie sonst zu sitzen pflegt, den sie für sich erwählt hatte. Und es ist ja auch der schönste Platz im Raum. Darum ... oh jeh! Und die Belustigung in ihrem Blick? Sie wird mich gehört haben, heute Nacht, als ich trällernd meinem Zimmer zustrebte. Oh, blauer Himmel, blau. Wie peinlich! Wie ich das nur wieder gut machen kann? Natürlich, morgen werde ich einen anderen Platz wählen. Ob ich sie zum Essen einladen sollte? Als Wiedergutmachung, sozusagen?

Schon wieder solch närrische Idee! Sie würde es missverstehen. Ach, es wird sich schon irgendwie ergeben. Ich werde einige Tage bleiben, mindestens. Die Signora wird mich ohnehin nicht so bald zurückerwarten. Ich bin ja viel eher zurückgekommen, als es ursprünglich geplant war. Also gönne ich mir einige Tage der Einkehr, Besinnung, Akklimatisierung.

Vielleicht hat sie es sich ja auch anders überlegt ... Nein. Das hat sie nicht. Ihr Entschluss stand fest, unverbrüchlich. Und auch mein Entschluss steht fest. Und nun wird es ohnehin seine Zeit brauchen. Ich werde nach Deutschland zurück müssen und alles abwickeln. Darüber möchte ich jetzt gar

nicht nachdenken. Ich gönne mir einfach
noch einige schöne Tage.

'Oh come là nella corusca
distesa che s'inarca verso i colli,
il brusìo della sera s'assotiglia
e gli alberi discorrono col trito
mormorio della rena ...'